용병들의 대지
Road of
Mercenaries

# 용병들의 대지 8

이모탈 퓨전 판타지 소설

초판 1쇄 찍은 날 § 2017년  1월 19일
초판 1쇄 펴낸 날 § 2017년  1월 26일

지은이 § 이모탈
펴낸이 § 서경석

편집책임 § 배경근

펴낸곳 § 도서출판 청어람
등록번호 § 제387-1999-000006호
등록일자 § 1999. 5. 31
어람번호 § 제1-2613호

주소 § 경기도 부천시 부일로 483번길 40 서경B/D 3F (우) 14640
전화 § 032-656-4452  팩스 § 032-656-4453
http://www.chungeoram.com
E-mail § chungeorambook@daum.net

ⓒ 이모탈, 2016

ISBN 979-11-04-91174-3 04810
ISBN 979-11-04-90905-4 (세트)

이모탈 퓨전 판타지 소설
FUSION FANTASTIC STORY

# 용병들의 대지
# Road of
# Mercenaries

**8**

도서출판 청어람

용병들의 대지
Road of
Mercenaries

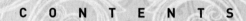

# C O N T E N T S

# CHAPTER 1

## 우든 마을 Ⅲ

아론은 직감적으로 부촌장이 누구인지 느낌이 왔다.

껍데기는 부촌장이 분명했다. 하나, 그 내면은 이미 부촌장이 아닌 지금의 상황을 만든 누군가에 의해 점령되어 있었다. 타인의 눈을 통해 타인의 정신을 조종하고 원거리에서 대화를 나눌 수 있을 정도의 마력과 그러한 마법을 알고 있는 자.

얼굴 한 번 본 적 없으나 누구보다 서로를 잘 알고 있는 자.

바로.

'검은색 구슬의 주인공. 안드레이 치카틸로 루케디스.'

그였다.

아니 그일 것이라고 생각했다.

모든 정황과 상황은 그렇게 흘러가고 있으니까. 물론, 틀릴 수도 있을 것이다. 하나, 지금과 같은 경우는 틀릴 수 없었다.

'왜냐하면 나와 같은 냄새가 나고, 이미 나는 나와 같은 자의 정체를 대충 파악할 수 있기 때문이다.'

이미 사라지고 없어진 백두산.

그의 존재는 사라졌지만 아론에게 가장 깊숙하게 도움을 주고 영향을 끼치고 있는 것은 역시 백두산 그가 남겨 놓은 지식과 지혜였다. 그의 지식과 지혜는 지금 아론이 행하고 있는 모든 것과 연결되어 있었다.

그리고 그가 단편적인 사실을 통해 일곱 개의 구슬의 주인을 유추하고 있었다. 다만, 확인을 하지 못했을 뿐. 그런데 지금 이 순간, 아론은 자신의 추측을 확신할 수 있었다.

"나를… 알고 있었나?"

"예상은 했다."

"호오~ 그렇단 말이지?"

무언가 즐겁다는 듯이 답을 하는 부촌장.

"즐거운가?"

"즐겁지. 즐겁다마다."

"특이하군. 자신이 죽을지도 모르는데 즐겁다니."

"글쎄에~ 그럴 수도 있겠지. 하지만 이런 생각 한 번 안 해

봤나?"

"무슨?"

"절대자의 고독 말이다."

"네가 절대자라는 것인가?"

"아닌가?"

"지나가던 개가 웃겠군."

"크흐흐흐. 입담이 대단하군."

"입담이 아니라 사실을 말한 것뿐이다."

"놈!"

아론의 직설적인 말에 부촌장은 안색을 싸늘하게 굳혔다.

하나, 이내 안색을 풀며 입을 열었다.

"그래, 이래야지. 이래야 내가 그동안 기다려온 보람이 있지."

"……"

역시 만만하게 넘어오지 않는 부촌장이었다.

'역시 오래 묵은 놈이라는 건가?'

오래 묵기도 했지만 머리 또한 뛰어난 놈이었다.

그래서 가장 까다롭다.

그리고 자신을 제외하고 가장 강하다.

아니 어쩌면 자신보다 강할지도 몰랐다.

그 이유는…….

'마탑이라는 세력을 가지고 있으니까.'

마탑은 단순한 마탑이 아니었다.

바로 바벨의 탑.

인류와 이 세상을 구성하는 원소를 기반으로 해 만들어진 네 개의 마탑.

물과 불과 바람과 대지의 마탑.

각자가 하나의 독립된 마탑이라고는 하나 궁극적으로 하나일 수밖에 없는 마탑이었다. 그래서 에퀘스의 성역과 귀족들과 더불어 이 세계를 삼분할 수 있는 힘을 가진 세력이 바로 바벨의 탑이었다.

게다가 부촌장의 모습으로 아론의 앞에 현신한 채 자신과 대화를 나누고 있는 자는 전에도 없고 후에도 없을 거대한 힘을 가진 자가 분명했다. 아직 그 실체를 확인하지 못했으나 아론은 분명히 느낄 수 있었다.

그래서 조금은 다급해졌다. 하나, 그렇다고 해서 서두르지는 않았다. 서두른다고 해서 상황이 더 나아지는 것도 아님을 너무나도 잘 알고 있으니까 말이다. 그리고 이미 현상 하나 하나에 일희일비하기에는 그의 경지가 너무 높았다.

"그래서 지금 내 앞에 허울이나마 모습을 보인 이유는?"

"보고 싶었지."

"네놈이 상대해야 할 적을 말인가?"

"그래."

"보니 어떤가?"

"알 수 없군."

둘의 대화는 날이 서 있는 것 같으면서도 전혀 날이 서 있지 않았다. 마치 친한 친구가 대화하는 것처럼 말이다.

"아직 수련이 부족한 모양이군."

아론의 말에 살짝 눈을 휩뜨며 놀랍다는 표정을 지어보이는 부촌장.

"어떻게 알았지?"

"너도 알고 있는 것 아닌가? 일곱 개의 구슬은 모두 서로를 느낄 수 있다는 것을 말이야."

"그야……"

그러다 눈을 크게 뜨는 부촌장.

"너 설마……"

"그 설마가 뭔지 잘 모르겠군."

알면서 모르겠다는 것인지 정말 모르겠다는 것인지 모를 아론의 말이었다. 보기나 듣기에 따라 달라질 수 있는 말이었지만 적어도 부촌장이 바라보는 아론은 표정은 복잡미묘했다. 전혀 그 속내를 알 수 없는 모습이니 어쩌면 당연한 것이라 할 수 있었다.

하지만 부촌장을 통해 아론을 바라보고 대화를 하고 있는 그는 분명히 느낄 수 있었다.

'부족하다.'

그랬다.

부족했다.

부족해도 너무 부족했다.

왜 이런 생각이 들게 되었는지는 모를 일이었다. 하지만 지금 이 순간 부촌장의 눈으로 아론을 보고 있는 자는 이루 형언할 수 없는 자괴감을 느끼고 있었다. 백 년이 넘는 시간을 살아왔다. 처음 힘을 각성한 후 그 힘을 자신의 것으로 만들고, 또 다른 힘을 강제로 흡수해 그것을 다시 자신의 것으로 만들면서 말이다.

자신이 속한 마탑을 완벽하게 장악했고, 귀족 사회 혹은 바벨의 탑을 구성하는 수없이 많은 마법사들을 자신의 발아래 굴복시켰다. 외부적으로 볼 때는 네 개의 탑으로 이뤄진 바벨의 탑이었으나 내부적으로는 거의 하나와 같은 바벨의 탑이었다.

물론, 아직까지 자신과 반대편에 서서 자신에게 대항하는 자들도 있기는 하지만 오랜 세월 동안 자신은 그들을 어떻게 대해야 하고 다뤄야 할지 너무나도 잘 알고 있었기에 그리 큰 문제는 없었다.

세상에 오로지 자신만이 존재했다.

그런데 아니었다.

자신보다 더 강력한 힘과 자신의 힘을 꿰뚫어볼 것 같은 아론의 모습에 강한 질투심이 스멀스멀 기어오르고 있었다. 이것은 불쾌함이라 할 수 있었다. 그 이유는 단 하나였다. 한 없이 비천한 놈이 자신보다 강하다는 데에 있었다.

힘이라는 것은 강한 자의 전유물이다. 그리고 강한 자는 타고난 것이다. 낮은 데서 높은 데로 올라가는 것은 절대 불가능하다. 그런데 이건 뭔가? 겨우 용병 아닌가? 비천하기 이를 데 없는 용병.

그런 천한 용병이, 비 맞은 개처럼 비루하기 이를 데 없는 용병이 자신보다 높은 곳에 있다는 것 자체가 말도 되지 않았고 이해할 수 없었다. 그리그 그 옆에 서 있는 오크 놈은 대체 뭔가?

'회색 오크……'

부촌장은 눈살을 찌푸릴 수밖에 없었다. 어떻게 이럴 수 있단 말인가? 수하의 말에 따르면 회색 오크족은 이미 자신의 손아귀에 쥐어진 것과 다름없다고 했다. 그런데 이건 또 뭔가? 자신과 반대편에 서서 자신을 노려보고 있으며 천하고 비루한 용병 놈 옆에 붙어 있는 것이 아닌가?

아론은 그런 부촌장의 감정을 알고나 있다는 듯이 슬쩍 입술 꼬리를 말아 올렸다.

"괜찮나?"

"무슨……."

"아무리 내가 대단한 힘을 가졌다 해도 타인의 정신을 조종해서 타인의 눈으로 나를 볼 수 있는 데에는 한계가 있을 법도 한데 말이지."

아닌게 아니라 부촌장의 모습은 상당히 부자연스럽게 변해가고 있었다. 마치 촛농처럼 얼굴과 손이 녹아내리고 있었다. 그 모습은 실로 그로테스크해서 곁에서 부촌장을 지켜보던 친위대들 역시 눈살을 찌푸리며 그 모습을 외면할 정도였다.

"으그그극!"

그제야 부촌장의 입에서 이루 형언할 수 없는 이상한 목소리가 흘러나왔다. 아론은 볼 수 있었다. 부촌장을 점령하고 있던 검은 마나가 흘러나오면서 서서히 부촌장의 몸이 허물어져 가고 있음을 말이다.

부촌장의 정수리에서 가늘고 검은 실과 같은 것이 허공 속으로 끝없이 뽑아져 올라가며 사라지고 있었다. 아론은 말없이 그 검은 실과 같은 것을 지켜보았다.

"그냥 가려나?"

"크흐흐으… 언젠가는 다시 만날 것이다."

"올 땐 그냥 왔어도 가는 건 그냥 가면 예의가 아니지."

"크흐흐. 네놈, 감히 나를 어찌할 수 있다고 생각한다는 말인가? 역시 천한……."

뭐라고 말을 하려는 순간 아론의 투박한 대검이 느릿하게 움직였다. 너무 느려서 하품이 날 정도로 느린 아론의 투박한 대검. 다른 이들은 그렇게 보았다. 저런 움직임으로 어떻게 파리라도 잡을 수 있겠느냐고 말이다.

하지만 바로 옆에서 지켜보고 있는 카툼과 당하는 입장에 있는 자는 분명하게 알 수 있었다. 빠름의 극한에 다다른 아론의 투박한 대검이라는 것을 말이다. 보기에는 그저 투박해서 아무것도 자를 수 없을 것 같은 아론의 대검.

하나, 지금 이 순간 당하는 검은 연기와 같은 존재는 알 수 있었다.

아론이 휘두르는 투박한 대검은 세상에서 못 자를 것이 없다는 것을 말이다. 설사 그것이 연혼일지라도 말이다.

그래서 벗어나려 했다.

어떻게 해서든지 말이다.

하지만 벗어날 수 없었다.

그때 검은 연기와 같은 것은 알 수 있었다.

'웃고 있다.'

아론이 웃고 있었다.

등골이 서늘해질 정도로 날카롭게 말이다.

서걱!

검은색 연기가 잘려 나갔다.

겉으로 보기에는 아무것도 일어나지 않았다.

털썩!

단지 촛농처럼 녹아내리던 부촌장이 끈 떨어진 연처럼 힘없이 쓰러졌다는 것을 빼고는 말이다.

그리고 카툼이 나섰다.

"항복하겠나?"

"뭐라고?"

"항복하겠냐고 묻는 거다."

"항보오옥!"

"그래."

어처구니없다는 듯한 표정을 지어보이는 개리. 촌장이 죽고, 부촌장이 죽었다지만 아직 토툰 마을은 패한 것이 아니었다. 그 둘이 토툰 마을에서 절대적이기는 하지만 그들 말고도 토툰 마을을 이끌어갈 만한 자는 많았다.

어차피 촌장이니 부촌장이니 하는 것은 가장 세력이 강한 놈이 차지하고 있었던 것이니 그 둘이 사라진 지금 그들의 대리로서 역할을 할 자는 친위대 중 가장 강력한 세력과 실력을 가지고 있는 개리일 수밖에 없었다.

그 표정을 보니 절대 항복하지 않을 것을 안 카툼. 그가 슬쩍 송곳니를 드러내 보였다.

"네놈이 촌장에 되려는 모양이군."

"고맙다고는 해야겠군."

"고맙다라. 넌 촌장의 친위대가 아닌가?"

"그래서?"

"그래. 그렇군. 애초에 너희 놈들에게 그런 것을 바라는 것이 이상한 일이겠지."

"오크 놈치고는 제법 머리가 돌아가는군."

"말해 주겠는데……."

"할 말 있으면 해라. 겨우 두 놈이서 무슨 똥배짱으로 우리 앞길을 가로막았는지 불쌍해서 들어주지."

"별일이군. 어쨌든 들어주겠다는데 말은 해야겠지."

그러면서 친위대장인 개리와 그 양옆을 호위하듯 자리하고 있는 셰인과 블랙을 훑어봤다.

"너희 놈들은……."

"……?"

"더럽게……."

"……."

"멍청하다는 거지."

"이런 개……."

"새끼는 아니지, 난 오크 새끼니까. 그리고 난 너희들처럼 저렴하지 않아서 말을 높여주지. 이런 개자식들아."

"허참!"

카툼의 말에 개리는 어처구니없다는 듯이 웃어버렸다. 그에 아론은 신기하다는 듯이 카툼을 바라봤다. 그런 아론의 시선이 느껴졌는지 카툼 역시 아론을 바라보며 어깨를 으쓱해 보였다.

"늘더군."

"좋은 현상이로군."

"내가 변한 것이?"

"그것도 그렇고. 그렇게 사람을 염장 지를 줄 알게 된 것에 대해서 말이지."

"염장?"

"그렇게 깐족이면 사람들은 열이 받게 마련이지. 마치 자신이 놀림감이 된 것 같아서 말이지. 봐봐. 바로 저렇게."

"오~ 그렇군. 이거 좋은 것을 배웠군."

어디서 배운 넉살인지는 몰라도 카툼은 그야말로 딴 사람이 되어 있었다. 너무 갑작스런 변화에 적응하지 못할 정도로 말이다. 하지만 아론은 너무 늦게 변했다는 듯이 그를 대하고 있었다.

마치 만담을 하는 두 사람을 보는 것 같았다. 하지만 그런 둘의 모습을 보며 분노에 잠식된 이가 따로 있었으니, 바로 개리와 어느새 그를 호위하게 된 셰인과 블랙이었다.

"저, 저런 쳐 죽일 새끼들이……."

"가만 있어봐. 하는 짓거리가 꽤 볼만하군."

개리가 누렇고 날카로운 송곳니를 드러내며 웃었다. 그에 셰인과 블랙은 마른침을 삼킬 수밖에 없었다. 개리가 저런 표정을 지을 때면 반드시 한 명이 죽어갔다. 한 명뿐만 아니다. 한 마을이 사라질 때도 있으니까 말이다.

어쨌든 개리가 작정을 한 것이리라.

그가 자신의 애병인 소드브레이커를 꺼내들고 축 늘어뜨렸다. 그에 셰인과 블랙 역시 자신의 애병을 꺼내 들었다. 한결같이 잔인무도한 무기로서 셰인은 삐죽삐죽 돋아난 해머였고, 블랙은 두 자루의 모닝스타였다.

그에 1천에 이르는 친위대들이 아론과 카툼을 둘러싸기 시작했다.

"호우~ 무섭군."

"별거 아니야. 침착해."

카툼의 말에 아론이 그를 달래듯이 입을 열었다. 그들의 그런 행동이 계속될수록 그들을 에워싸는 친위대들의 얼굴은 차갑게 굳어지고 있었다. 아론과 카툼은 그것을 아는지 모르는지 여전히 만담 같은 대화를 계속하고 있었다.

"그 입 좀 닫지?"

"왜? 쫄리냐?"

카툼이 아닌 아론의 말이었다.

그에 개리는 피식 웃어보였다.

"새끼들. 태연한 척하는 건지, 아니면 돌은 놈인지 모르겠지만 어쨌든 그 배포는 마음에 든다."

"왜? 마음에 들면 우리 좀 써줄라고?"

"그건 좀 어렵지 않을까? 이렇게 웃고 있기는 하지만 내가 조금 꼭지가 돌았거든?"

"오호~ 그래? 그거 참 잘됐네."

"말하는 개놈들이 꼭지 돌면 어떻게 되나 궁금했는데 잘됐군."

아론의 말에 서늘한 미소를 떠올리고 있던 개리의 얼굴이 딱딱하게 굳어지며, 나직하게 일갈했다.

"조져!"

"와아~"

개리의 외침에 1천에 이르는 친위대가 함성을 질렀다.

"어우~ 소리 한 번 크네."

카툼이 투덜거렸다.

도저히 그 얼굴에 나온 말이라는 것이 의심 들 정도의 말이었다.

"쫄지 마. 그래 봐야 몇 명 안 돼."

"그렇겠지."

그러면서 목을 한 번 풀어보는 카툼.

"오늘 몸 좀 풀겠네."

"확실하게……."

그들의 목소리가 변했다.

동시에 얼굴 역시 딱딱하게 굳어졌다.

만담과 같았던 그들의 행동은 어느새 진중하게 변해 있었고, 먹이를 노리는 포식자의 눈이 되어 있었다.

"난 이런 놈들이 마음에 안 든다."

"나도."

"그래서 오늘 확실하게 교육 좀 시키려고 한다."

"교육만?"

"아니, 두 번 다시 입을 열지 못하게 해야겠지."

"거참 마음에 드는 말이로군."

그 둘은 전면을 향해 걸음을 옮겼다. 후방이나 측면 따위는 신경조차 쓸 필요 없다는 듯이 말이다. 그런 그들을 향해서 1천에 이르는 친위대가 달려들었다.

하지만.

느긋하게 한 걸음을 옮기던 아론과 카툼은 어느새 눈에 보이지 않을 정도로 빠르게 움직이기 시작했다. 아론의 투박한 대검이 움직였다. 하지만 그의 투박한 대검이 닿기도 전에 토툰 마을의 친위대는 행동을 멈출 수밖에 없었다.

"……!"

서걱! 서걱! 스가각!

피잇!

피비빗!

잘려 나가는 소리에 이어서 들려오는 소리.

그것은 바로 아론을 향해서 쇄도하던 친위대들의 목에서 들려오는 소리였다.

"무슨……."

"이게……."

"어떻게?"

"어?"

반응은 다양했다.

하나, 그 다양한 반응 중에서 하나의 감정이 느껴지는 것이 있으니 그것은 바로 황당함이라든가, 믿을 수 없다는 혹은 도저히 있을 수 없다는 그런 표정과 경악성이었다. 그 와중에도 아론의 투박한 대검은 여전히 느릿하게 움직이고 있었다.

아직 투박한 대검이 지면에서 30센티도 떠오르지 않고 있었다. 그러함에도 불구하고 그를 향해 쇄도하던 이들은 마치 작동이 멈춘 골렘처럼 우뚝 멈춘 후 짚단처럼 허물어졌다. 그렇게 아론의 투박한 대검이 수평이 이뤄졌을 때.

그의 주변으로 살아서 두 다리로 대지를 딛고 있는 자는 아무도 없었다. 진득한 혈향과 함께 오싹한 공포가 친위대를 겁박하기 시작했다.

"주, 죽여! 이 새끼들아!"

"씨, 씨발! 이래 죽으나 저래 죽으나."

공포를 이겨내기 위해 악다구니를 외치며 아론을 향해 쇄도하는 토툰 마을의 용병들. 그리 긴 시간도 아니었다. 그런데 이미 패색이 짙어져 버렸다. 그것을 안 토툰 마을의 용병들은 당황할 수밖에 없었다.

어떻게 죽었는지, 어떻게 당했는지도 알 수 없었다. 그저 한없이 느린 그런 칼질 한 번에 수없이 많은 동료들이 죽었다는 사실이 중요했다. 그렇다고 물러설 수 없었다. 물러서기에는 자존심이 너무 상했다.

그리고 공포에 질려 뒷걸음질을 치기에는 그들이 지금까지 행한 악행이 너무 많았다. 그들은 골수까지 악한 이들이었으니까. 때문에 잠시 주춤했을 뿐 여전히 자신들의 수가 압도적으로 많다는 것을 인지한 그들은 다시 악을 쓰며 아론을 향해 쇄도했다.

그에 아론은 투박한 대검을 거두었다.

"재미없어."

재미없었다.

검을 사용하기에는 너무 하찮은 존재들이었다. 이들을 죽이기 위해서는 검을 쓴다는 것 자체가 검에 대한 모욕이라고 할 수 있었다.

"퉤!"

아론은 대검을 거두고 손바닥에 침을 탁 뱉어낸 후 손바닥을 비비고 주먹을 움켜쥐었다.

우드드득!

뼈가 부서지는 듯한 소리가 들려왔다. 그리고 자신을 향해 쇄도하는 용병들을 보며 서늘한 미소를 떠올리며 앞으로 걸음을 내디뎠다.

그리고 그 순간 아론의 신형은 어느새 자신을 향해 달려오는 가장 선두에 선 용병의 바로 코앞까지 다다라 있었다.

퍼억!

아론은 주먹으로 달려오는 용병의 복부를 가격했고, 용병은 입에서 피를 뿜어내며 허리가 접혀지며 떠올라 뒤로 날아갔다.

"이런……."

"크윽!"

당혹감이 일었다.

퍼버버벅!

날아오는 용병을 받아들려던 용병들은 그 힘을 이기지 못해 뒤로 물러났다. 아니, 뒤로 물러나기만 한 것이 아니었다.

날아온 용병을 받아든 용병들 역시 피를 뿜으며 뒤로 물러나고 있었다.

아론의 권격에 담긴 힘이 한 명의 용병에 상쇄되고 사라진 것이 아니라 여전히 몇 명의 용병들에게 상해를 입히고 있었던 것이다. 그들의 입장에서는 정말 미칠 지경임은 분명했다. 말도 안 되게 느려 터진 검으로 수십 명의 용병들을 단숨에 죽여 버리더니 이제는 단지 주먹으로 몇 명의 용병들을 죽여 나가고 있었다.

그저 피를 뿜는 것이 아니었다.

피를 뿜어낸 후 그들은 싸늘한 시체가 되어 있었다.

서서히 아주 서서히 그들에게 공포가 전염되기 시작했다.

"우와아악!"

공포를 이겨내기 위해 용병들이 악을 쓰며 아론을 향해 쇄도했다.

그러나…….

퍼걱!

제대로 무기조차 흔들어보지 못하고 머리가 박살 나 허연 뇌수를 흩뿌리며 죽어버리는 용병. 용병들은 아론의 종적을 찾았다. 그러나 어디에도 아론의 모습은 보이지 않았다.

단지.

뿌드드득!

"끄아악!"

뻐버버벅!

"커허억!"

"사, 살려……."

기괴하고 섬뜩한 소리와 함께 뼈가 부러지고 피가 튀는 소리만 들려올 뿐이었다. 용병들은 움직임을 멈출 수밖에 없었다. 도저히 어떻게 해볼 방법이 없었다.

'이런 니미, 보여야 뭘 어떻게 하지.'

'씨, 씨발…….'

그들은 주춤거리며 자신의 죽음을 예감하기 시작했다. 죽음을 예감했다고 해서 결코 피할 수 있는 것이 아니었다.

빠악!

뻐억!

"……."

뿌드득!

비명도 없었다. 단지 뼈가 부러지는 소리만 울려 퍼질 뿐이었다. 그럼에도 불구하고 그 누구도 비명을 내지를 순 없었다. 이미 머리가 빠개지고 심장이 박살 났으며 척추가 부러져 그로테스크한 모습을 연출하고 있는 이들이 비명을 지를 수는 없었으니까.

주춤주춤.

용병들이 주춤거리며 물러났다.

콰아악!

하지만 물러날 수도 없었다.

회색 거구의 오크가 휘두르는 사람 몸통보다 큰 배틀엑스에 의해 또 다시 죽어갔기 때문이었다. 그렇다고 악다구니를 치면서 덤빌 수도 없었다. 그것은 공포에 이은 절망이었다. 극한에 다다른 절망과 공포는 그들을 얼어붙게 만들었다.

"어떻게······."

똑같은 말이 되풀이되었다.

양떼 속에 뛰어든 오거와도 같았다.

이것은 인간의 힘으로 어쩔 수 없었다.

무기도 들지 않았다. 단지 적수공권으로 1천에 이르는 용병들이 비명도 지르지 못하고 죽어갔다.

덜덜덜.

후방에서 그것을 지켜보는 세 명의 인물들은 전신을 가늘게 떨 수밖에 없었다.

'인간이 아니다······.'

그들의 지금 심정을 단적으로 보여주는 말이라 할 수 있었다. 그런데 그런 인간 같지도 않은 인물이 한 명 더 있었다. 스스로 회색 오크족의 대전사이자 대족장이라고 칭하는 자.

바로 카툼이었다.

1천에 이르는 용병들에게 둘러싸여 있음에도 불구하고 아론과 카툼은 숨조차 흐트러지지 않았고, 이마에 땀조차 흐르지 않고 있었다. 이 정도로는 식후 운동거리도 되지 않아 보이는 그들의 모습.

그러하기에 그 모습이 더욱더 무섭게 다가오고 있었다. 그렇게 촌장과 부촌장이 죽고, 그들을 호위하는 1천의 용병들까지 공포에 질식되어 마치 죽을 줄 알면서도 목을 길게 빼고 죽음을 기다리는 모습으로 전개되어 가고 있는 상황에서 우든 마을을 향해 진격하던 토툰 마을의 용병과 그 토툰 마을과 연합한 병력에서는 약간의 소요가 일어나기 시작했다.

거침없이 전진하는 차우세스쿠 백작 가문에 고용된 용병들과 기사들, 그리고 토툰 마을의 용병들.

그런데.

콰직!

"커헉!"

"너 이 새끼!"

"미, 미쳤냐?"

"아니, 안 미쳤다."

"그런데 왜?"

"난 원래 토툰 마을 출신이 아니거든?"

"뭐, 뭐라고?"

"난 너희 같은 놈들을 상당히 증오하는 편이라 말이지."

"그게 무슨……."

"일단 죽고 보자."

퍼억!

짧은 대화를 나눈 이후 거침없이 해머를 휘둘러 토툰 마을 용병의 머리를 박살 내버리는 용병.

"야, 이 개……."

푸욱!

"꺼어……."

동료를 죽이자 육두문자를 입에 담으려던 용병의 등 뒤로부터 앞으로 삐죽하게 삐져나오는 날카로운 장검.

"이… 이게……."

"난 임페리움 용병대 소속이거든."

"……."

말을 할 수는 없었다. 그러기에는 목 안 가득하게 채운 핏물이 넘어올 것 같았다. 하지만 이미 토툰 마을의 용병의 입에서는 진득하고 검붉은 핏물이 흘러내리고 있었다.

"그르륵!"

가래 끓는 소리를 내며 그대로 허물어지는 용병.

"저. 저 새끼들을 죽여!"

"누가 누굴?"

"무, 뭣?"

서걱!

토툰 마을의 용병을 죽인 용병들을 죽이라고 악을 쓰던 용병의 목에서 날카로운 소리가 들려오고 가느다란 혈선이 만들어졌다.

그리고.

스르륵! 툭!

마치 빙판에 미끄러지듯 잘린 목이 흘러내려 바닥에 떨어져 내렸다.

흔들! 털썩!

머리를 잃은 몸뚱아리는 잠시 경직되어 흔들리다가 썩은 고목이 쓰러지듯 뒤로 넘어가고 있었다.

"배, 배신이다!"

푸욱!

"배신은 무슨, 난 원래 임페리움 용병대 소속이란 말이지."

이런 현상이 곳곳에서 벌어지고 있었다. 아무리 우든 마을을 몰아붙이고 있다고는 하지만 그것은 기습과 수적인 우세에서 오는 결과였다. 사방을 포위하고 차우세스쿠 백작 가문의 병력이 함께하고 있다는 생각에 기세를 올릴 수 있었고, 토툰 마을의 용병들을 몰아붙일 수 있었다는 말이다.

그런데 그렇게 믿고 있던 자신들의 배후에서 다시 기습을 당하고 있었다. 한두 명도 아닌 몇 천이 되는지 몇 만이 되는지 모를 정도였다. 그냥 아무 생각 없이 걷고 있다. 등 뒤를 황소에게 받히는 황당함이 함께했다.

배후로부터 무너지기 시작했다.

어떤 지시와 명령이 내려져야 할 텐데 이미 지휘부는 완전히 붕괴되고 있었다. 그들은 지금 자신들의 목숨조차 감당할 수 없을 지경이니 명령이 제대로 내려질 리가 없었다.

"크악! 누구냐!"

"나다!"

"뭐?"

기사 한 명이 갑작스럽게 배후에 등장하여 토튼 마을의 용병들을 짚단 베듯이 베어 넘기고 있는 일단의 무리들을 향해 소리쳤고, 그 기사의 바로 옆에서 나직하지만 선명한 목소리가 들려왔다.

그에 화들짝 놀란 기사가 백스텝을 밟으며 뒤로 물러났다. 하지만 그런다고 해서 상대방의 검을 피할 수는 없었다.

서걱! 서걱!

그저 어깨가 잠시 움직인 것처럼 보였는데 너무나도 선명하게 들려오는 날카로운 소리.

"끄륵!"

"그러게 왜 남의 집 싸움에 끼어들기는 끼어드냐고."

두 자루의 대검을 자유자재로 사용하는 자.

바로 제라르였다.

그리고 그 뒤로 수없이 많은 용병들이 토툰 마을의 용병들을 베어내고 있었다. 제라르는 몇 명의 기사와 몇십의 용병들을 베어내고 고개를 들었다. 그의 대단한 모습에 이미 그 주변으로는 둥그런 공동이 생길 지경이었다.

"새끼들, 죽기는 싫은 모양이구만."

그러면서 씨익 웃어보였다. 같은 편이면 그 웃음이 그렇게도 믿음직스럽게 느껴졌겠지만 적이라면 모골이 송연해질 정도로 잔혹한 웃음이었다. 철저하게 상대방을 무시하는 웃음. 하지만 상대방은 그 웃음을 도발로 생각하지 못하고 있었다.

제라르는 여전히 그런 서늘한 미소를 떠올리며 살짝 허공으로 몸을 띄워 전장을 살폈다.

"허어~ 역시 이종족 용병들은 대단하군."

물론, 임페리움 용병대 역시 대단하기 그지없었지만 이 종족의 용병들 역시 입이 쩍 벌어질 정도로 대단한 활약을 보이고 있었다. 엘프들의 화살과 마법 공격. 더불어 드워프들의 무지막지한 돌격전과 다양한 수인족들의 움직임은 아무리 날고 기는 토툰 마을의 용병들이라고 할지라도 감히 감당하기 어려울 정도였다.

그리고 결정적으로 안과 밖에서 동시에 공격을 받은 토툰 마을의 용병들과 차우세스쿠 백작 가문에 고용된 용병들과 기사들은 그야말로 혼란이 가중될 수밖에 없었다. 거기에다 이미 그들을 이끄는 우두머리를 철저하게 박살 낸 상태이다 보니 그들의 혼란은 더욱더 가중되고 있었다.

"으아아악!"

"씨빠알!"

"같이 죽자아~"

"너나 죽어라!"

혼전이 계속되었다.

하나, 명확한 것은 하나 있었다.

우든 마을의 용병들이 점점 살아나고 있다는 것이다.

"와아~ 원군이다! 원군이야!"

"힘을 내라!"

"죽여! 죽이란 말이다."

여기저기에서 비명과 악다구니가 한꺼번에 울려 퍼졌다. 이 것은 전쟁이었다. 용병들을 대표하는 세 개의 마을이 어울려 싸우는 전쟁 말이다. 그 와중에 차우세스쿠 백작이라는 귀족 가문 역시 포함되어 있는 전쟁 말이다.

퀘에에엑!

뻐어억!

"꺼흐윽!"

세 명의 용병들이 미친 듯이 튕겨져 나갔다.

"카툼! 저들을 도와줘."

"돕지 않아도 될 것 같은데 말이지."

"될 수 있으면 빨리 마무리해야하지 않겠나?"

"그도 그렇군."

"부탁하지."

"알겠다."

카툼이 물러났다.

그의 걸음을 가로막을 자는 아무도 없었다.

그럴 만한 자들은 이미 피를 뿌리며 대지 위에 싸늘한 시체가 되어 존재했기 때문이었다. 있다면 아론의 권격에 당해 끊어진 창자 조각과 함께 핏물을 게워내고 있는 세 명의 용병들뿐이었다.

"오, 오지 마."

"싫은데?"

아론은 친절하게 대답까지 해주고 있었다.

"으, 으……."

"잘 가라고."

"제, 제발… 뭐, 뭐든지… 뭐든지 말하겠다."

"뭐 특별하게 듣고 싶은 말도 없는데 말이지."

"배후! 배후가 궁금하지 않나?"

"배후라고 해봐야 차우세스쿠 백작 가문 아닌가?"

"하지만 물증이 없을 것이다."

"그야……."

말을 흐리는 아론.

그제야 뭔가를 잡았다는 듯이 게워내는 핏물을 닦아내며 살짝 득의만만한 웃음을 짓는 자. 하지만 그것이 전부가 아니었다. 그자에게 가려져 보이지 않는 두 사람, 셰인과 블랙은 아론이 눈치채지 못하게 신발 안에 숨겨둔 단검을 꺼내고 있었다.

그것은 매우 자연스러워 아무런 의심조차 들지 않을 정도였다. 그러는 동안 개리는 여전히 아론과 대화를 하고 있었다. 마치 그의 주의를 끌겠다는 듯이 말이다.

"내가, 내가 알고 있다."

"뭐를?"

"촌장과 차우세스쿠 백작 간에 거래되었던 모든 것에 대한 물증이 있는 곳을 말이다."

"글쎄에… 별로 필요 없을 것 같은데. 그냥 가서 박살 내다 보면 나오지 않을까?"

"그렇지 않다. 그곳은 마법에 의해 만들어진 공간이기에 절대 알 수 없다."

"마법사를 대동하면 되지."

"마법사라 해도 어중이떠중이는 절대 발견할 수 없을 것이다. 왜냐하면 그곳은 바벨의 탑에서 초빙한 마법사가 만든 곳이거든."

"그래? 그렇단 말이지?"

그러면서 생각에 잠기는 듯한 표정을 지어보이는 아론. 아론이 생각에 잠기는 동안 개리의 뒤에서 헐떡이는 듯 보이던 두 명의 용병이 슬금슬금 아론의 좌우로 움직이고 있었다. 아론은 이미 그들이 항거불능에 빠졌다고 생각하는지 아니면 자신의 생각에 깊이 빠져서인지 그런 그들은 안중에도 없어 보였다.

"그 장소가 어딘지 알고 있나?"

"알고 있다."

"어디지?"

"그냥은……."

"살려주지."

아론의 말에 누런 이를 드러내며 웃는 개리.

"그곳은……."

말을 흐리는 개리.

마치 중요한 말이니 귀를 가까이 대라는 듯한 모습이었다. 그에 아론은 무릎을 굽히고 허리를 숙여 귀를 그의 입에 가져다 대었다.

"니 배때지다. 이 쓰벌 새끼야."

그러면서 언제 꺼내 들었는지 모를 노란 독이 묻은 독 단검을 아론을 향해 찔렀다. 그것은 아무리 마스터라 할지라도 막을 수 없을 것처럼 보였다. 개리 그 자신이 이미 상급에 이른 용병이었고 이렇게 딱 달라붙어 있는 상황이라면 말이다.

하지만

항상 예외란 있는 법이었다.

턱!

잡혔다.

"헉!"

"새끼. 잔대가리는……."

아론의 나직한 음성이 들려왔다. 그에 개리는 전신이 소름이 돋으며 피가 한꺼번에 사라진 듯 창백하게 변해가고 있었다.

"내가 그렇게 순진해 보이디?"

"그……."

말을 하지 못하는 개리. 그 와중에 살기 위해서 열심히 머리를 굴리는 듯 눈알을 데굴데굴 굴리고 있었다. 그런 개를 응시하는 아론. 그때 개리가 입을 열었다.

"아직 안 끝났다. 이 개새끼야."

그 말이 끝남과 동시에 아론의 좌우에서 시퍼런 단검이 아론의 옆구리와 목을 노리고 쇄도해 들어왔다. 그에 개리의 입에서는 잔인한 미소가 떠올랐다.

'이건 성공이다. 네놈이 아무리 날고 긴다 할지라도 이렇게 가까운 거리에서는 절대 피할 수 없을 것이다.'

그리 생각하는 이유는 자신은 미끼였으니까.

자신이 미끼로 시선을 끌고 일부러 잡혀준다면 상대방은 안심할 것이다. 이미 자신을 제외한 두 명은 항거불능이라고 여길 테니까. 그런 방심을 이용해 어느새 두 명의 용병은 단검을 뽑아 아론을 공격해 들어갔다.

'이건 소드 마스터도 못 막아. 방심은 곧 죽음이다, 이 새끼야.'

개리의 얼굴에서 득의만만한 웃음이 떠올랐다. 실패할 수 없었으니까.

하지만 종종 인간의 생각을 벗어나는 현상이 일어나게 마련이다. 그리고 그 현상이 지금 일어나고 있었다. 어떻게 된 일인지 개리의 눈에는 그 모든 것이 훤하게 보였다. 옆구리를 찔러 오는 검을 살짝 튕겨내고, 블랙의 심장을 관통했다 나오는 아론의 손.

동시에 자신의 목을 노려 들어오는 셰인의 단검을 손가락으로 잡아 부러뜨리고, 부러뜨린 단검의 끝으로 셰인의 목에 박아 넣는 그 일련의 모든 것을 말이다. 평소였다면 전혀 보이지도 않았을 행동이었다.

'어떻게?'

이해할 수 없었다.

아니, 지금 이 순간 개리의 두뇌는 그 활동을 정지한 것 같았다.

파바바박!

두 줄기의 핏줄기가 개리를 덮쳤다.

비릿한 피 냄새가 후각을 자극시켰다.

그 냄새에 퍼뜩 정신을 차렸을 때 모든 상황은 이미 끝이 난 상태였다. 아론은 여전히 무표정하게 자신을 바라보고 있었고 아론의 좌우에서 그의 옆구리와 목에 단검을 쑤셔 넣던 세인과 블랙은 동상처럼 굳어진 채 미동조차 없었다.

개리의 입이 벌어졌다.

하지만 비명은 없었다.

아론은 그런 세 명을 두고 느릿하게 자리에서 일어났고, 세 명은 동시에 뒤로 넘어갔다.

"그따위 비밀 공간은 몰라도 돼. 알아내는 방법은 많으니까. 그리고 내 앞에서 감춰진 공간이라는 것은 그렇게 큰 의미가 아니다."

그리고 뒤로 넘어간 세 명에게는 눈길조차 주지 않은 채 아론의 모습이 사라져 버렸다. 살아남은 이들은 없었다. 오로지 죽은 자들만이 존재했다. 그리고 아론이 다시 모습을 드러낸 곳은 바로 우든 마을의 촌장과 부촌장이 있는 곳이었다.

"허억!"

"누, 누구냐!"

한창 상황이 급변하고 있는 전장에 집중하고 있던 촌장과 부촌장, 그리고 그들을 지근거리에서 호위하는 친위대들은 화들짝 놀라 헛바람을 일으켰다. 아무것도 없는 공간에서 갑자기 사람이 튀어 나왔으니 놀라지 않는 것이 더 이상할 정도였으니까.

"나?"

검지로 자신의 코를 가리키며 되묻는 아론. 그리고 이내 서늘한 미소를 떠올리며 입을 열었다.

"임페리움 용병대의 대장 아론."

"그……."

"죽엇!"

누군가 위기를 감지했음인지 다짜고짜 무기를 휘둘렀다.

퍼억!

와직!

부딪히는 소리와 무언가 부러지는 소리가 들려오며 그를 향해 쇄도했던 용병이 들어올 때보다 더 빠르게 튕겨져 나갔다.

와자자자작!

임시로 만들어 놓은 무기 거치대에 부딪히며 기절한 용병.
아론은 그런 용병에게는 시선조차 주지 않은 채 입을 열었다.

"누가 촌장이지?"

"날… 세."

조금은 늙수구레한 목소리가 들려왔다.

"체바로가 걱정을 많이 하더군요."

"그… 런가?"

어딘가 안도하는 느낌이 드는 촌장의 목소리.

"네놈……."

그때 부촌장이 입을 열었다. 그에 아론의 시선이 그에게로
향했고, 부촌장은 전신의 피를 싸늘하게 식혀 버릴 듯한 아론
의 시선에 뒷말을 잇지 못했다.

"네가 부촌장인가 보군."

"그… 렇다."

겨우 겨우 답을 하는 부촌장.

"용병들의 일은 용병들이 알아서 처리해야 하는 법이지. 그
외에 다른 세력의 힘을 빌린다면 그것은 용병만의 일이 아니
다. 그것은 바로 용병 스스로가 자격이 없음을 증명하는 일이
다."

"……."

아론의 말에 반박을 하고 싶었다. 하지만 반박할 말이 없었

다. 아니, 반박하지 못한 것이 아니라 그의 말이 정확하게 맞았기 때문이었다. 자신의 귀족이 되고 싶은 것이지 용병들의 왕이나 뭐 그런 것이 되고 싶은 것은 아니었으니까.

"그래서 뭐가 달라지나?"

부촌장이 입을 열었다.

"많이 다르지."

"뭐가 다르지? 어차피 용병은 용병이다. 그리고 난 그 태생적인 한계를 벗어나려고 발버둥을 쳤을 뿐이다."

"그렇다면 혼자 해야지. 왜 하필 저 살인자들과 손을 잡았나? 그리고 귀족들에게 손을 벌리지는 말았어야지."

"귀족이 되는 게 나쁜가?"

"누가 나쁘다고 했나? 네놈이 귀족이 되는 것이야 그리 나쁜 생각도 아니다. 네놈 개인적인 생각이니까."

"한데 왜?"

"중요한 것은 그것을 빌미로 토툰 마을과 손을 잡았고, 네 스스로 용병들을 귀족들의 똥이나 닦아주는 역할을 자처했다는 것이지. 용병은 용병일 뿐이지 누구의 똥이나 닦아주는 존재가 아니거든?"

"똥을 닦아 줘도 귀족의 비호 아래 있는 것이 낫다."

"그건 네놈 생각이고."

"지금까지 용병이 존재할 수 있었던 것 역시 귀족들의 비호 아래 있었기 때문이 아닌가?"

"누가 그러는데?"

"뭐?"

"누가 어떤 미친 놈이 용병들이 귀족들의 비호 아래 지금까지 살아남았다고 하느냐고."

"그건……."

"네놈 개인의 생각을 전체의 생각인 것처럼 말하지 마라."

"……."

입을 닫고야 마는 부촌장. 그는 주변을 둘러봤다. 자신을 따르는 이들과 따르지 않는 이들의 시선이 온통 자신에게로 향해 있었다.

"송충이는 솔잎을 먹고 살아야 하는 법이다."

"맞는 말이기는 하지. 하지만 우리는 송충이가 아니지. 우리는 사람이거든? 생각을 할 수 있는 사람 말이다. 송충이처럼 본능에 의지해 살아가는 생물체가 아니라."

"그건……."

역시 말을 잇지 못하는 부촌장. 분명 자신의 생각과 다름에도 불구하고 반박할 말이 없었다. 평소에 말이라면 자신 있었으나 지금 눈앞에 있는 자의 언변에는 따라갈 수 없었다.

"용병은 자유로운 존재지. 그 누구도 용병들을 가질 수는 없다. 그래서 용병들에게는 귀족도 기사도 살인자도 모두 포함하고 있는 것이다. 부촌장, 자네는 잘못 생각하고 있었던 게야."

"뭐가 다르다는 것이오. 용병은 지금까지 그래왔소."

"그것을 바꾸기 위해서 용병들의 마을을 만들지 않았던가? 우리의 권익을 위해서 모이지 않았던가? 그것이 권력을 위해서인가? 아니다. 우리는 우리의 권리와 이익을 위해서 모인 것이다. 용병은 개인이 사유할 수 있는 존재가 아니란 말일세."

"그래서. 그래서 달라진 것이 뭐가 있소. 용병들은 여전히 귀족들에게 철저하게 무시받고 있지 않소."

"그러니까 바꿔야 하지 않겠나? 그래서 우리는 토툰 마을을 손가락질 하지 않았나? 용병인 자네가 사유할 수 있는 그런 가치 정도밖에 되지 않는다고 생각하나?"

"그렇소. 용병은 태생적으로 한계가 있을 수밖에 없소. 그래서 용병들은 자신들만의 세력이 없는 것이오. 그것을 모르지 않을 것 아니오."

촌장과 부촌장은 설전을 벌이기 시작했다. 아론은 그저 둘의 설전을 말없이 바라볼 뿐이었다.

# CHAPTER 2
## 흡수

"그러니까 모으자는 것이다. 다같이 모여서 용병들의 힘을 보여주자는 말이다."

"그렇다고 해서, 그렇다고 해서 달라질 것이 있다고 보시오? 용병들이 힘을 모으는데 바벨의 탑이나 에퀘스의 성역이나 귀족들이 가만히 두고 보기만 할 것이라 생각하시오? 지금까지 수없이 많은 용병들이 그렇게 해왔소. 그런데 결과는 어떻게 되었소. 실패! 모두 실패했단 말이오. 그 말은 그들이 용병들의 세력을 원치 않는다는 말이지 않소."

"용병들이 왜 그들의 눈치를 봐야 하는가?"

"눈치? 그들의 눈치를 보지 않으면 과연 용병들이 살아남을 수 있을 것 같소? 나는 이 나약한 용병들이 싫소. 바닷가의 모래처럼 모이지 못하고 자기 잘났다고 떠들다가 결국에는 떠오르는 태양에 흔적도 없이 사라지는 용병들이 싫소."

"그렇다고 뭐가 달라지는가?"

"나는! 나는 잘 살 수 있지 않소. 귀족들에게 빌붙은 걸로 에퀘스의 성역이나 바벨의 탑의 마법사들에게만큼은 허리를 굽실거리는 건 없지 않소. 적어도 귀족들에게 비호를 받을 수 있으니 말이오."

"너 혼자 잘 살자고 이 많은 용병들을 죽음의 구렁텅이로 몰아붙이는 것이더냐?"

"그게 어때서 그렇소. 촌장도 그렇지 않았소. 대의? 무엇이 진정 대의란 말이오. 그래서, 그 대의를 부르짖어서 용병들이 얻은 것이 무엇이란 말이오."

"적어도 용병들의 마을은 얻어내지 않았느냐. 그것도 세 개의 마을을 말이다."

"일개 성도 아닌 겨우 마을이란 말이오? 그것이 평생을 걸쳐서 이룩한 것이란 말이오?"

"그러는 너는 무엇을 했느냐? 무엇을 했기에 이리도 당당하냐? 너는 결국 동료를 팔아먹지 않았느냐. 네놈이 그렇게 경원시하고 손가락질하는 토툰 마을의 용병들과 대체 무엇이 다르단 말이더냐?"

"다르오."

"뭐가 다르냐. 동료를 죽음으로 내몰고 도구로 사용한 네가 어찌 토툰 마을의 용병들과 다르단 말이냐. 궁극적으로 너와 나는 같다. 하지만 너는 네 사욕을 위해 용병을 사용했고, 적어도 나는 나 자신보다는 용병들을 위해 내 욕심을 사용했다. 다르다면 그것이 다를 것이다."

"목적은! 수단을 정당화하는 것이오."

"하지만! 너의 그 목적은 실패했다. 실패한 목적은 정당화될 수 없지."

"크윽!"

결국 그는 실패했다.

고래로 실패한 혁명은 반역일 뿐이었다.

그 혁명의 목적이 무엇이든 상관없이 역사라는 잔혹한 무덤에 묻혀 버렸고, 그들은 반역자라는 오명을 가진 채 후대에 전해질 수밖에 없었다. 물론, 부촌장의 경우는 반란에 성공했다고 해도 그 오명은 달라지지 않았겠지만 말이다.

어쨌든 부촌장은 자신이 실패했다는 것을 통감할 수밖에 없었다. 그의 시선은 여전히 치열하게 전개되고 있는 전장을 주시했다. 하지만 상황은 여전히 암담했다. 우든 마을이 토툰 마을을 압도적으로 밀어붙이고 있었다.

그중에는 가장 선두에서 토툰 마을의 용병들을 주살하기 위해 움직이는 용병들을 지휘하는 체바로의 모습도 보였다. 그리고 결정적으로 자신이 볼모로 삼았던 우든 마을의 용병들이 풀려나 있었다.

그의 안색이 침중하게 굳어져 가는 이유가 바로 그것이었다. 자신에게는 아무것도 없었다. 토툰 마을에 배신당했고, 마지막 보루라 할 수 있는 볼모들이 풀려났으니 자신이 가지고 있는 힘은 아무것도 없다고 할 수 있었다.

그리고.

마지막으로 그의 시선이 자신의 앞에 서 있는 자를 바라봤다.

'임페리움 용병대의 대장 아론.'

바로 아론이었다.

처음 그는 이 계획에 전혀 영향력을 미치지 못하는 존재였다. 여기저기 굴러다니는 수없이 많은 용병들 중에 한 명이 바로 그였으니까 말이다. 처음 그가 이 우든 마을에 왔을 때도 신경조차 쓸 필요 없는 존재였다.

그런데 이제는 아니었다.

이 모든 상황을 만든 것이 바로 그였다.

그에 의해서 토툰 마을이 와해되어 버렸고, 우든 마을이 기사회생했으며, 고고한 학처럼 인간 용병들과 어울리지 않던 쿠테란 마을의 용병들이 토툰 마을의 용병들을 주살하는데 힘을 보태고 있었다.

"네… 놈이었군."

"억울한가?"

"억울?"

"안 억울한 모양이군. 하긴 뭐 누릴 건 다 누려봤으니 억울할 리도 없겠지."

"이이……."

"이빨 갈지 마라. 성치도 않은 이빨 다 날아갈라."

"죽인다."

"죽일 수 있으면 한 번 해봐."

아론은 거대한 대검으로 자세도 취하지 않은 채 부촌장에게 일갈했다. 그에 부촌장은 외쳤다.

"뭐해! 죽여!"

그리고 부촌장을 따르는 다섯 명의 친위대장들이 움직였다. 이미 친위대들은 그 효용 가치가 떨어진 상태. 그들이 아무리 부촌장을 따르는 용병들이라 해도 지금 상황이 어떻게 돌아가는지 모르지는 않았다.

그들은 근본적으로 급진적인 개혁을 주장하는 부촌장의 미래지향적인 생각을 따랐던 것이지, 그가 사리사욕을 채우기 위해 우든 마을의 용병들을 이용했다는 사실을 안 지금 그의 명령을 따를 이는 없었다.

그래서 결국 부촌장의 외침에 몸을 움직이는 이는 그를 전적으로 지지하는 다섯 명의 친위대장 뿐이었다. 아론은 자신을 둘러싼 다섯 명의 친위대장들을 보다 시선을 다시 부촌장에게 두고 입을 열었다.

"왜? 직접 나를 상대할 실력은 못 되나?"

"닭 잡는데 소 잡는 칼을 쓸 필요는 없지."

"하긴, 과분하기는 해. 닭 잡는데 내가 직접 나섰으니 말이야."

"뭐, 뭐라고?"

아론의 말에 분노성을 터뜨리는 다섯 명의 친위대장. 졸지에 자신들이 닭이 되어버렸으니 왜 아니 그러겠는가? 절대 웃을 수 없는 상황임에도 불구하고 촌장을 비롯해 그를 지지하는 용병들은 애써 웃음을 참았다.

하지만 웃음을 참기 위해 꽉 깨문 입술을 비집고 새어 나오는 것은 어쩔 수 없었다. 여기저기서 피식피식 삐져나오는 비웃음. 그에 부촌장을 비롯한 다섯 명의 친위대장들의 얼굴은 그야말로 붉으락푸르락해졌다.

"죽엇!"

그에 참지 못한 다섯 친위대장 중 가장 성정이 폭급하고 잔인하다고 알려진 제프리가 검날이 톱으로 이뤄진 본브레이커를 들고 아론을 향해 쇄도했다.

그러나……

퍼억!

"크헉!"

단 한 방이었다.

단 한 방의 주먹에 제프리의 신형은 허공에 붕 떠올라 쇄도해 들어갈 때보다 몇 배는 빠르게 튕겨져 나갔다. 그리고 몇 미터나 떨어진 단단하게 지어진 벽면에 그대로 부딪혔다.

쩌저저적!

제프리를 중심으로 벽면은 거미줄 같은 균열이 발생했다. 그리고 마침내 그 무게를 견디지 못하고 무너져 내렸다.

와르르르!

누구 하나 제프리를 구할 생각을 하지 못했다. 아무리 그가 익스퍼트 중급에 이른 실력을 지닌 용병이라 할지라도 방금 전 그 충격에서 절대 살아남을 수 없음을 알고 있었기 때문이었다. 그리고 아론은 무너진 벽을 보며 나직하게 한마디 했다.

"너무 허약한 거 아냐? 저렇게 무너져 버리면 어디 사람이 들어가서 살겠어?"

아론은 제프리를 걱정하는 것이 아니라 너무 허약한 벽면을 걱정하고 있는 것이었다.

'저게 허약하다고?'

'두께만 30센티는 되는데?'

'괴, 괴물이로군.'

그런 아론을 바라보며 용병들의 머릿속에 떠오른 생각은 각양각색이었다.

'그렇군. 저 사람이로군. 저 사람이야말로 용병들의 오랜 염원을 이뤄낼 사람이로군.'

그리고 촌장은 그들과 다른 결론을 내리고 있었다.

지금 이 순간 자신은 그릇이 아님을 알고 깨닫고 있었다. 아니, 진즉에 알고 있었다. 마치 몸에 맞지 않는 옷을 입고 있는 것 같음을 말이다. 하지만 하지 않을 수 없었다. 누군가는 하지 않으면 안 되는 일이었기 때문이었다.

그래서 했다.

하지만 하는 내내 힘들었다.

맞지 않는 옷이었고, 어울리지 않는 자리였다. 그럼에도 꾸역꾸역 그 모든 것을 감내하면서 해내고 있었다. 그리고 부촌장이 배신을 했을 때 모든 것은 끝났다는 절망감에 사로잡혔다. 하지만 하늘은 아직 용병들의 바람을 버리지 않았다.

바로 자신의 눈앞에 존재하는 한 명의 인물 때문이었다. 촌장은 그가 모습을 드러냈을 대충 지금의 상황을 유추해 낼 수 있었다. 맞지 않는 옷이요, 어울리지 않는 자리라 했지만 수십 년 동안 겪어왔던 만큼 상황을 판단하는 능력은 타의 추종을 불허했으니까.

"이제 나도 쉴 수 있겠군."

"그게 무슨 말씀입니까? 이제 시작입니다."

촌장의 말에 그의 곁에 있던 심복 중 심복이라 할 수 있는 나인이 말도 안 되는 소리라며 펄쩍 뛰었다. 하나, 촌장을 자신의 생각을 굽힐 생각이 없었다.

"아니 내 시대는 끝났네."

"그건⋯⋯."

"자네도 이미 알고 있지 않은가?"

"⋯⋯."

부정하려 했지만 부정할 수 없었다. 이미 대세는 촌장에게 있는 것이 아닌 다섯 명, 아니 이제는 네 명의 친위대에게 둘러싸여 있는 한 명의 거인에게 있다는 것을 말이다. 그에 촌장은 그의 어깨를 토닥거리며 입을 열었다.

"우리 나이도 꽤 되지 않았나?"

"그… 렇군요."

"그래. 나머지는 이제 저들에게 맡기고 우리들은 여생을 즐겨야 하지 않겠나?"

"그러기에는 피가 너무 뜨겁지 않습니까? 게다가 체바로가 우릴 가만히 두지 않을 것 같기도 하고 말입니다."

"체바로? 체바로라… 하긴, 그놈만큼 우리를 아는 놈은 없으니. 문제는 문제로군."

"어찌하실 생각이십니까?"

"어찌하긴. 체바로 그놈도 이미 저놈에게 홀딱 넘어간 것 같으니 지켜보는 수밖에 없지. 그리고 아무리 뒷방 늙은이가 되었다 하더라도 우리가 해야 할 일은 있지 않겠나?"

"그야 그렇지요."

둘은 이미 모든 상황이 끝난 것처럼 대화를 나누고 있었다. 둘은 본능적으로 모든 상황이 정리되었음을 알고 있었다. 그래서 이렇게 여유로울 수 있는 것이었다. 부촌장도 그것을 알고 있었다.

하지만 포기할 수는 없었다.

마지막 발악이라도 해야 했다.

그렇지 않으면 그동안 자신이 해왔던 모든 것이 무너져 내릴 것이기 때문이었다. 물론, 이미 그가 계획한 모든 것이 무너져 내리고 있음은 분명했다. 하지만 그럼에도 그는 손을 놓을 수 없었다.

그는 자신의 손에 쥐어진 검을 만지작거리고 있었다. 아무리 흉계를 꾸민다고 해도 그는 본래 용병이었다. 용병치고 검한 번 휘둘러 보지 않은 자 없다. 사람 한 번 죽여본 자 없었고 말이다.

그의 망설이는 시선은 네 명의 수하에게 둘러싸여 있음에도 여유롭기 그지없는 아론이라는 자를 향해 있었다.

"도대체 네놈은 어디서 나타난 것이냐? 나와 무슨 원한을 가졌기에 나의 앞길을 가로막느냐 말이다."

그의 독백은 그 누구도 들을 수 없었다. 너무나도 미약했기에 들을 수조차 없었다. 그리고 그의 독백을 듣기에는 지금 네 명의 친위대장에 둘러싼 아론의 모습이 너무나도 선명하게 그들의 시선을 사로잡고 있었다.

"눈 아프겠다. 그만 째리고 덤벼라."

"이익!"

하지만 그들은 덤벼들 수 없었다.

덤벼들기에는 너무나도 큰 격차를 보이고 있는 실력이었기 때문이었다. 아무리 자신들이 제프리와 비등한 실력을 지녔다고 할지라도 단 한 방에 제프리를 죽이고 단단하기 그지없는 벽면을 박살 낼 수 없었으니까.

"꾸울꺽!"

누군가 마른침을 삼켰다. 손바닥에 땀이 흥건했고, 전신의 핏기는 어디에 사라졌는지 창백한 표정을 짓고 있는 네 명의 친위대장, 그리고 그런 그들을 바라보며 사나운 미소를 떠올리는 아론.

"남자란 자신의 행동과 말에 책임을 져야 하는 법. 그런 의

미에서 너희들이 책임을 지지 않을 것 같으니 내가 책임지게
해주지."

"무슨……."

말이냐고 하려 했을 것이다.

분명 그랬을 것이다.

쾌에에엑!

날카로운 바람 소리가 들려왔다.

쩌어어억!

카진스키의 고개가 사정없이 돌아갔다. 동시에 그의 복부
에서 북 터지는 소리가 들려왔다.

퍼어어엉!

비명 따위는 사치 같았다. 그저 아무런 소리도 지르지 못한
채 10여 미터를 훌훌 날아가 먼지를 일으키며 떨어져 내리는
카진스키. 그를 중심으로 둥근 원이 형성되며 움푹 땅이 꺼져
내렸다.

후우웅!

그 위로 바람이 불었고 바람은 흙을 동반했으며 쓰러진 카
진스키를 덮었고, 이내 언제 그랬냐는 듯이 평평한 대지가 드
러났다.

"용병이란 자유로운 존재이니 사람들이 많은 길에 묻히는
것이 옳은 일이지. 그리고 네놈이 한 짓을 생각하면 그것도

안락한 사치라 할 것이다."

아론의 말에 남은 두 명은 마른침을 삼킬 수밖에 없었다.

뭘 어떻게 했고, 어떻게 움직였는지 보지도 못했다. 특히나 친위대장들의 우두머리 역할을 하고 있는 에드게인의 놀라움은 대단했다. 그냥 대단했다고 하면 감이 안 오니 그냥 심장이 튀어 나올 것 같이 놀랐다.

'마스터… 아니 그 이상.'

그는 상급에 이른 용병이었다. 그리고 먼발치에서 마스터들의 연무를 본 적이 있었다. 하지만 그때 본 마스터의 모습보다 지금의 눈앞에서 벌어진 일이 더 대단했다. 그때 아론의 시선이 에드게인과 부딪혔다.

"쯧! 아깝군."

"돌아서면 받아줄 거요?"

"흐음… 에드게인 맞나?"

"맞소."

"확실히 당신 정도라면 받아줄 수 있지. 그리고 저치는?"

"알버트요."

"둘이 친구지?"

"그렇소."

"그리고 부촌장의 행사에 반대했던 것도 사실이고."

"그… 렇소."

"그런데 왜 그의 명령을 따랐고, 지금에 와서 왜 마음을 바꿀 생각을 한 거지?"

"급진적이지만 그의 생각이 용병들의 염원임을 알기 때문이었소."

"그게 그를 따른 이유겠지?"

"그렇소."

"그건 그렇고 왜 명령에 따른 거지?"

"확인해 보고 싶었소."

"무엇을? 내 실력을?"

"그렇소."

"나를 어떻게 알고?"

"부촌장의 곁에 있으면 많은 것을 접할 수 있소."

"그렇군. 내 실력을 봤으니 돌아서겠다는 말인가? 겨우 그것 때문에 자신을 아끼던 주인을 바꾼다는 것은 마음에 안 드는군."

"같은 곳을 바라보지 않으면 같은 배를 탈 수 없는 것이 아니오. 그리고 어떠한 이유에서든지 토툰 마을의 용병이나 사욕을 위해서 용병들을 이용한다는 것은 용서할 수 없는 일이오."

"흐음……."

아론의 눈이 가늘어졌다.

한 번 배신한 자는 두 번 배신한다. 그 말은 처음 하기가 어렵지 두 번째는 어렵지 않다는 점을 말함이다. 그리고 인간의 놀라운 적응력을 말함이고 말이다. 어쨌든 지금 이 순간 아론은 판단을 내려야만 했다.

지금 저자의 모습이 자신의 목숨을 구걸하는 모습인지 아니면 진정한 대의에 편승한 정의감인지를 말이다.

"그라면 믿을 수 있네."

그때 나선 것은 촌장과 그의 측근 중에 측근인 나인이었다. 아론은 그 둘을 잠시 바라본 후 어깨를 으쓱해 보이며 입을 열었다.

"이제 남은 사람은 부촌장 한 명이로군."

"그를 살려줄 수 없나?"

"그건 안 되지."

"왜?"

"그는 이 모든 것을 계획한 자이기 때문이고, 한 무리를 이끌어본 사람이라면 절대 타인의 우두머리에게 머리를 숙이고 들어가지 않기 때문이지. 그런 사람은 반드시 다시 자신의 야망을 위해 자신을 용서한 자를 물어뜯으려 할 뿐이다."

"하나……."

"그리고 중요한 것은 지금은 뭉쳐야 할 때이지 흩어져야 할 때가 아니야. 천려일실이라… 단 하나의 작은 실수로 모든 일이 그르치게 됨이니 절대 있을 수 없는 일이지."

"알… 겠네."

촌장과 나인이 물러났다.

그에 아론은 느릿하게 걸음을 옮겨 부촌장에게로 다가갔다.

"나는 아직 포기하지 않았다."

"그래, 포기하지 마. 포기했으면 내가 실망했을 거야. 그래도 한 무리를 이끌던 사람이 비굴하게 자신의 목숨을 구걸하는 것은 보고 싶지 않아."

"오냐! 어디 한 번 해보자."

그가 검을 휘둘렀다.

번개와 같은 그 모습에 다들 입을 살짝 벌어지며 놀란 표정을 지어보였다. 부촌장은 상급으로 알려진 사람이었다. 하지만 지금 보여준 단 한 동작은 절대 그가 상급의 용병이 아니라는 것을 대변하고 있었다.

그는 최상급의 용병이었다.

참으로 죽이기 아까운 재원이기는 했다.

하지만 아론의 눈은 무심하기 그지없었다.

스윽!

느릿하게 옮겨지는 아론의 발걸음과 그를 따라 움직이는 그의 투박한 대검. 그가 주먹으로 해결할 수 있음에도 불구하고 대검을 꺼낸 것은 그만큼 그를 대우해 준다는 것을 의미했다. 그의 대검이 환상처럼 움직여 부촌장의 심장을 관통해 들어갔다.

비명은 없었다.

아니 이를 악물어 새어 나오려는 비명을 참아내고 있는 부촌장이었다. 부촌장의 시선이 아론의 시선을 찾았다. 그는 떨리는 목소리로 마지막 생기를 쥐어짜 아론에게 소리쳤다. 하지만 그것은 겨우 아론만이 알아들을 정도로 작은 목소리였다.

"죽어서도… 지켜볼 것이다."

"그래. 지켜봐."

아론의 오만한 말에 부촌장은 핏물이 잔뜩 밴 이를 드러내며 시원하게 웃었다. 그리고 그것이 끝이었던지 미동조차 없었다. 아론은 슬쩍 에드게인을 바라봤고, 에드게인은 알버트와 테드번디를 대동해 조용히 부촌장의 시신을 수습했다.

"끝… 났군."

"끝나기는, 이제 시작인 것을."

"그런가?"

"그래, 거대한 폭풍이 몰아칠 거야. 그 거대한 폭풍 속에서 용병은 새롭게 태어나야 할 거야."

"많은 이들이 죽겠군."

"어차피 검을 든 순간 죽음과 함께 살아가는 인생 아닌가?"

"그도 그렇군. 어쨌든 앞으로 잘 부탁하네."

그에 아론은 촌장을 슬쩍 바라봤다.

"현역으로 뛸 생각인가?"

"안 될 것이라도 있나?"

"오랫동안 용병질을 하지 않았으니 현역은 무리일 듯싶은 데?"

"집이라도 지켜야지. 늙었다고 아주 쓸모없지는 않네."

"그런가? 그런데 괜찮나?"

"뭐가?"

"나이도 어린 놈에게 반말 듣는 것이 말이다."

"나이가 어려?"

"그래."

"누구 나이가?"

"나."

그에 멍하니 아론을 바라보던 촌장은 피식 웃으며 입을 열었다.

"용병은 강자가 법이지. 그리고 자네, 전쟁 용병으로 20년 가까이 보냈다면서?"

"알고 있었군."

"겨우 한 마을의 촌장이었지만 정보 조직이 있네."

"그런가? 그런데 그게 무슨 상관이지?"

"힘이 있고, 전쟁 용병으로 20년 가까이 살아온 용병. 거기에 에퀘스의 성역의 2좌에 있는 플람베르 가문의 소가주, 노가주와 막역한 사이이며 작은 적은 수임데도 불구하고 한 지역을 인정받을 정도의 용병이라면 상관없지 않을까. 아니 오히려 내가 밀리는 느낌인데 말이지."

"조사를 많이 했군."

"아들놈이 관심을 많이 가지고 있더군. 그래서 나도 관심을 조금 가졌지."

"그런가? 어쨌든 어쩔 생각인가?"

"뭐를 말인가?"

"이대로 우든 마을을 둘 것인지 아니면……."

"그걸 말이라고 묻는 건가? 당연히 임페리움 용병대에 귀속될 것이네. 그리고 우든 마을도 지금 이 순간 사라질 것이고, 임페리움 용병대, 아니 이제는 용병단이겠군. 용병단에 포함될 것이네."

"너무 빨리 정하는 거 아닌가?"

"빨리? 난 오히려 늦었다고 생각하네. 용병들의 염원이 이뤄질 수 있는 마지막 기회일지도 모를 상황이네. 그리고 듣자하니 조만간 대륙에는 알 수 없는 거대한 피바람이 불어닥칠지도 모를 일인데 말이지."

그러면서 안색을 굳히는 촌장. 정확한 실체는 잡지 못했으나 그 또한 우든 마을의 정보 조직으로부터 어떤 어두운 조짐이 있다는 것을 짐작하고 있었던 것이다.

"어디까지 알고 있나?"

아론의 물음에 어깨를 으쓱해 보이며 입을 여는 촌장.

"딱 거기까지. 너무 은밀해서 도저히 그 이상으로는 접근할 수 없더군."

"그런가? 어쨌든 시간이 별로 없다."

"조직을 정비할 시간조차 없겠나?"

"세상일이란 것이 언제나 우리가 의도한 대로 흘러가지 않으니까."

"그도 그렇군. 그렇다면……."

"최대한 빨리 상황을 마무리 짓고, 용병들의 실력을 향상시켜야 한다."

"그런데 그 방법이……."

"쉽지 않지."

"그렇지, 그게 문제지. 또한, 우리 우든 마을을 지지하는 다수의 용병들이 있다고는 하나 그들을 어떻게 설득시켜야 하는지도 문제이고, 결정적으로 이번 사태로 인해 우리 우든 마을을 눈엣가시처럼 여기는 귀족들을 어떻게 해야 할지도 문제이고 말이지."

"걱정도 팔자군. 그들은 우리를 건드리지 못 할 거야."

"건드리지 못한다고? 지금 당장에 차우세스쿠 백작 가문도 문제이거늘."

"글쎄, 일단 일어난 일부터 처리하는 것이 옳지 않을까? 일어나지도 않은 일을 걱정하는 것보다 말이지."

"그건 그렇군."

확실히 아론의 말이 맞았다. 물론, 걱정한다면야 어떤 대책을 마련할 수 있을 것이다. 하지만 일어나지 않은 일이 대체 어떤 것인지 어떻게 알 수 있단 말인가? 그리고 정확하게 지금 당장 할 수 있는 일도 없었다.


"어쨌든 다행이로군."

"뭐가 말인가?"

"자네 같은 사람이 용병들을 이끌게 되어서 말이지."

"별게 다 다행이군."

말은 그렇게 하지만 아론의 내심은 실상 한숨을 돌리고 있었다. 만약 우든 마을의 촌장이 꽉 막혀 오로지 자신의 생각만 주장하는 사람이었다면 우든 마을을 흡수하는 데 힘들 것이 쉽지 않았을 것이기 때문이었다.

우든 마을, 토툰 마을, 그리고 쿠테란 마을.

이 세 마을은 귀족이나 에퀘스의 성역 혹은 바벨의 탑에서

조차도 인정하는 최대 용병 마을이었으니까 말이다. 말이 마을이지 이 세 곳은 실제적으로 용병들의 구심점이라 할 수 있었다. 그런 구심점 중 하나를 이끌고 있는 이가 바로 촌장이라는 직위였다.

말이야 촌장이지만 그 가진 바 무력과 세력은 실로 대단한 것이라 할 수 있었다. 각 마을에서 운용할 수 있는 용병들의 수가 2나 3이라고 보면 말이다. 그들에게 딸린 가족과 상인들까지 합한다면 적어도 10만 이상의 조직이라 할 수 있었으니까.

＊　　　　＊　　　　＊

"크으으윽!"

대륙의 어딘가의 알 수 없는 곳.

다만 주변을 가구와 치장되어 있는 장식을 보았을 때 상당한 권력을 가진 자의 존재하는 곳임은 분명한 곳.

그곳에서 한 명의 로브와 후드를 깊숙하게 눌러쓴 자가 전신을 떨며 각혈을 하며 검붉은 색의 핏물을 게워내고 있었다.

"크으윽!"

사내는 답답한 신음성을 내며 한동안 같은 상태를 유지했다. 그러다 바닥에 피가 흥건해질 때 쯤 겨우 정신을 차리고 느릿하게 자리에서 일어났다.

"크으으… 도대체 그자는……."

여전히 입가로 흘러내리는 검붉은 핏물을 로브의 소매로 스윽 닦아낸 사내는 어느새 신색을 회복했는지 형형하기 그지없는 눈빛을 발산하며 나직하게 신음하듯이 입을 열었다. 그러다 그대로 허물어지듯 의자에 앉아 깊숙하게 몸체를 묻었다.

어두운 실내.

그 실내를 밝혀주는 유일한 물건은 일렁이는 촛불뿐이었다. 또한 일렁이는 촛불에 만들어진 기괴한 그림자 역시 어두운 실내를 장식하는 하나의 소품이 되어 있었다. 그렇게 한참의 시간이 지났다.

단지 한참일 뿐, 외부의 시간이 차단된 이 공간에서는 얼마의 시간이 흘렀는지 모를 시간이 흘러가고 있었다. 단지 굵디 굵은 초가 사내가 최초 의자에 몸을 묻던 시기보다 한참이나 짧아졌다는 것이 상당한 시간이 지났음을 알려주고 있을 뿐이었다.

탁!

굵은 초가 다 사라지고 손가락 한 마디 정도만 남았을 때, 마침내 사내는 의자에서 일어났다. 사내의 입가에는 여전히 말라비틀어진 핏물이 딱지처럼 앉아 있었다. 의자에서 일어선 사내는 길고 뾰족하게 잘 다듬어진 손톱으로 피딱지를 긁어

내며 미묘한 미소를 떠올렸다.

"그래… 상대가 있어야 하겠지… 난 아직 고독해할 필요가 없었던 것이야. 물론, 상대를 제대로 파악하지 못해 일격을 맞기는 했지만 뭐, 이런 정도는 해줘야지 내 상대라 할 수 있겠지. 크흐흐흐."

그러면서 사내의 신형이 스르르 움직이기 시작했다.

마치 얼음판을 미끄러지듯이 말이다.

달칵!

그가 문고리를 잡고 문을 밀어낼 때 예의 두 명의 남녀가 그를 맞이했다. 물론, 그 둘 역시 깊숙하게 로브를 눌러써 남자인지 여자인지는 알 수 없었다. 하나, 완연하게 드러나 보이는 외부의 골격은 분명 남녀라는 것을 보여주고 있었다.

"……."

"……."

둘은 말없이 읍을 하며 사내를 맞아들였다. 그러나 사내는 그러한 그들의 모습은 아무런 상관도 없다는 듯이, 아니 그들의 존재조차 모른다는 듯이 무심하게 그들의 곁을 스쳐지나 갔고, 또한, 둘은 당연하다는 듯이 그를 따라 나섰다.

"시일을 당겨야겠다."

"……."

여전히 둘은 말이 없었다.

"오크들에게 조금 더 신경을 써야 할 게야."

"무엇을 보내리까?"

"블러드 호문클루스를 보내라."

"명을 따르겠습니다."

남성의 굵직한 목소리가 들려왔다.

"또한, 각 마탑의 일을 마무리 지어야 할 것 같다."

"명을 따릅니다."

이번에는 왜소한 체구의 얇은 목소리가 들려왔다. 둘은 어떠한 토조차 달지 않았다. 그저 사내가 내리는 명령을 그대로 따를 뿐이었다.

"좋구나."

문득 가운데 선 사내는 하늘을 올려다봤다.

하늘은 별이나 달조차 없는 새까만 어둠을 자랑하고 있었다.

그러함에도 불구하고 사내는 어두운 야공을 바라보며 새하얀 미소를 떠올리고 있었다. 그의 명을 받든 두 명은 어느새 사내의 곁에서 사라지고 없었다.

*      *      *

"뭐라?"

"그……."

"분명히 말해라. 뭐가 어쨌다고?"

"시, 실패했습니다."

"실패해?"

"그, 그렇습니다."

콰직!

"큭!"

그 말이 떨어지기 무섭게 무언가가 날아가 보고하고 있는 자의 이마에 부딪혔고, 사내는 흘러내리는 피를 닦을 생각조차 하지 못한 채 그저 엎드린 자세 그대로 있을 뿐이었다.

"멍청한 놈들."

단단하기 그지없는 화병을 엎드려 있는 사내에게 집어 던진 이는 몹시 불쾌하다는 듯한 표정으로 다친 사내는 전혀 신경 쓰지 않고 입을 열었다.

"그래서 방법은?"

"그것이……."

"못 찾았다는 건가?"

"그것은… 아닙니다."

"아닙니다?"

"걸리는 것이 있어서 그렇습니다."

"걸리는 것?"

"이 일을 주도한 곳이……."

"주도한 곳?"

"……."

홀쭉하고 창백한 얼굴.

날카롭게 선을 그리고 있는 붉은 입술.

심장을 오그라들게 만드는 회백색 눈동자.

바로 차우세스쿠 백작이었다.

그리고 차우세스쿠 백작의 앞에 피를 흘리고 있음에도 불구하고 미동조차 하지 않고 보고를 하고 있는 자는 바로 차우세스쿠 백작의 지낭이라고 일컬어지고 있는 빈센트 프랫 자작이었다. 하지만 지금 보고 있는 것은 조언을 하고 조언을 받는 모습이 아닌 상하 혹은 주종의 관계처럼 보였다.

"어딘가?"

"임페리움 용병대입니다."

"그런데?"

전혀 들어보지 못한 곳이었다. 하지만 차우세스쿠 백작은 냉철하게 물었다. 그가 피도 눈물도 없는 자라고는 하지만 그 이면에는 철저할 정도로 냉정한 그의 성정 때문이었다. 그의 최우선 가치는 사람이 아닌 황금이다.

그리고 그 황금을 위해서는 무슨 짓이든 한다. 황금이 세상의 모든 것을 지배한다. 무력도 황금으로 살 수 있고, 사람도 황금으로 살 수 있으며, 권력조차도 황금으로 살 수 있다. 백작이라는 자리도 황금으로 샀고, 수하들이나 기사들 그리고 영지까지 모두 황금으로 샀다.

황금으로 이루지 못할 것은 아무것도 없었다. 또한, 어떠한 일도 황금으로 해결할 수 있었다. 그래서 지금까지 그렇게 살아왔다. 황금 앞에서 이루어지지 않는 일은 없었다. 그런데 자신의 그런 황금 지상주의와 만능주의에 오점을 남기는 사건이 발생했다.

바로 용병 마을 간의 전투에 있어서다.

자신은 토툰 마을을 지지한다. 자신이 일을 행함에 있어서 가장 입맛에 맞는 용병 마을이 바로 토툰 마을이었기 때문이었다. 비열한 간계와 힘을 이용해 온갖 추악한 일을 해결해 줄 수 있는 조직이었기 때문이었다.

그 세력을 이용해 두 개의 용병 마을을 집어삼키려고 했다. 그런데 처음부터 막히고 있었다. 우든 마을을 9할 이상 먹어 치웠다고 생각했는데 오히려 잡아먹히고 만 것이었다. 그러니 어찌 분노하지 않을 수 있겠는가?

그 와중에 자신의 야망을 가로막은 조직이 임페리움 용병대라고 했다. 차우세스쿠 백작은 신중해졌다. 듣도 보도 못한 용병대였다. 그런데 자신이 정성을 들인 토툰 마을과 투입한 기사들을 단번에 박살 내고 우든 마을을 집어삼킨 것이다.

결코 용서할 수 없지만 결코 방심할 수 없는 상대라고 생각했다. 그래서 분노를 차갑게 식히고 상황을 주시하며 묻는 것이었다.

"플람베르 가문과 연관이 있는 것 같습니다."

"같습니다?"

"현재 확인한 바로는 8할 이상입니다."

"끄응!"

앓는 소리를 할 수밖에 없었다. 귀족도 아니고 에퀘스의 성역에서 2좌를 차지하고 있는 플람베르 가문과 관계된 용병이라니. 이건 정말 생각지도 못한 사건이라 할 수 있었다. 귀족들이라면 황금을 써서 이리저리 압력을 행사할 수 있겠지만 에퀘스의 성역은 조금 다르다.

그들은 자신들이 정통 기사라는 자부심을 가진 존재들이었다. 그러한 그들 역시 황금이 필요했다. 하지만 자신들의 자금을 외부에서 끌어들이지 않았다. 각 가문보다 상단이 존재했으니까 말이다.

황금으로도 쉽게 허물지 못한 곳이 바로 에퀘스의 성역과 바벨의 탑이었다. 그 두 조직의 말도 안 되는 오롯함은 지금까지 승승장구하던 차우세스쿠 백작에게 이루 형언할 수 없는 패배감을 주기에 충분했다.

자신이 살아오면서 유일한 오점이 다시 수면 위로 떠오르자 차우세스쿠 백작은 차가운 분노가 일기 시작했다.

"그래… 그렇단 말이지? 그놈들이었단 말이지?"

"그… 렇습니다."

나직한 차우세스쿠 백작의 말에 프랫 자작은 오한이 드는지 살짝 어깨를 떨었다.

"에퀘스의 성역… 우리와 연결된 곳이 어디지?"

몰라서 묻는 것이 아니었다.

"마테리아 상단과 아이언 상단입니다."

"그래, 그 두 상단이지. 그러면 그 두 상단에 우리가 힘을 행사할 수 있는 곳은?"

"아이언 상단입니다."

"그래, 아이언 상단이란 말이지……."

말을 흐리는 차우세스쿠 백작.

그러다 문득 그는 차가운 냉소를 머금었다.

"네놈들의 그 잘난 콧대를 꺾어주마."

누구에게 말을 하는 것일까? 차우세스쿠 백작의 그런 모습에 엎드려 있는 프랫 자작은 보일 듯 말 듯 회심의 미소를 떠올리고 있었다. 차우세스쿠 백작의 분노가 두려워 어깨를 가늘게 떨고, 이마가 깨져 피가 흐르고 있음에도 미동조차 하지 않은 그의 모습과는 전혀 다른 모습이었다.

프랫 자작은 너무나도 잘 알고 있었다.

저 냉정하게 보이는 차우세스쿠 백작의 잔인함을 말이다. 그리고 지금 이 순간 제국의 제1 상단인 마테리아 상단을 떠올리지 않고, 아이언 상단을 떠올린 이유를 말이다.

'아이언 상단이 바로 칼뤼베이우스 가문의 상단이기 때문이지.'

이것은 악연이었다.

그 누구도 풀 수 없고, 오로지 당사자들만이 풀 수 있는 악연 중의 악연 말이다.

"자리를 한번 마련하게."

"알겠습니다."

"그리고 병력을 모집해. 용병들까지. 돈은 얼마가 들어도 좋아."

"알겠습니다."

"바벨의 탑에 아는 곳이 있다고 했지?"

"그렇습니다."

"연락해."

"어떤······."

"조건을 받아들인다고."

"알겠습니다."

명을 받은 프랫 자작은 조심스럽게 일어나 뒷걸음질로 차우세스쿠 백작의 집무실을 벗어났다. 그에 차우세스쿠 백작은 씹어 삼키듯 나직하게 으르렁거렸다.

"그랬단 말이지. 나를 얕봤다는 말이지."

어디에도 그를 얕본 흔적은 없었다.

하나, 그는 임페리움 용병대가 혹은 플람베르 가문이 자신을 얕본 것으로 생각하고 있었다.

그것은 어찌보면 지독한 자격지심에서 나오는 변태적인 생각일 뿐이었지만 지금 이 순간 차우세스쿠 백작은 지독한 열등감에 사로잡혀 있었다.

그 어떤 것도 자신을 무시할 수는 없었다.

그런데 에퀘스의 성역의 2좌인 플람베르 가문에 자신을 무시하는 듯한 기분이 든 것이었다. 감히 자신이 행하는 행사에 훼방을 놓았으니까 말이다.

그래서 그는 결심했다.

'에퀘스의 성역을 내 손안에 쥐어야겠어.'

에퀘스의 성역이 아무리 대단하다 할지라도 제국만큼은 아니었다. 제국은 자신이 먹기에 너무 큰 파이였다. 하지만 에퀘스의 성역은 가능할 것 같았다. 그것을 위해서 지금까지 에퀘스의 성역에 있는 일곱 개의 가문에 들어간 자금 역시 무시할 수 없었으니까 말이다.

어찌 보면 에퀘스의 성역의 가장 마지막 일좌를 차지하고 있는 칼뤼베이우스 가문의 지금이 있기까지 자신은 떼려야

뗄 수 없는 관계라고 할 수 있을 정도였으니까. 그 가문을 유지하고 있는 아이언 상단 자체가 자신의 지분이 49%가 포함되었으니까 말이다.

'보여주지. 너희들이 그렇게 코웃음 치는 황금의 힘을 말이다.'

그가 그렇게 결심을 굳히는 그 순간 프랫 자작은 빠르게 명령을 내리고 있었다. 모든 명령이 이미 지금의 상황을 이미 짐작하고 있었다는 듯이 일사천리로 이뤄졌고, 막힘없이 처리되었다.

그 모든 일을 처리하는 데는 불과 한 시간이 소요되지 않을 정도로 말이다.

그리고 자신만의 시간을 가지게 된 프랫 자작. 그의 깨진 이마는 어느새 원래의 깔끔한 모습을 하고 있었다. 실력 좋은 마법사가 있는지도 모를 일이었다.

그는 가볍게 깔끔하게 사라진 자신의 상처를 만지며 나직하게 입을 열었다.

"차우세스쿠 백작……."

차우세스쿠 백작을 나직하고 읊조리는 프랫 자작.

"너의 그 편협함과 집착이 대업을 이루는데 크나큰 도움을 주는구나."

차우세스쿠 백작을 대할 때와는 전혀 다른 그의 모습. 과연 그의 그 두 모습 중 어느 것이 진실한 모습인지 알 수는 없었다. 다만, 지금 이 순간 그가 모르는 사이 이 차우세스쿠 백작 가문 내에서도 알 수 없는 음모의 냄새가 흘러나오고 있다는 것만 알 뿐이었다.

CHAPTER 3

모여드는 사람들

"오랜만이야."

"그래, 정말 오랜만이로군."

"소문은 잘 듣고 있네."

"소문은 무슨. 플랑드르에 깔린 게 플람베르 가문 사람인데……."

"그렇다는 이야기지."

"그래, 그래. 어쨌든 이제는 조금 플람베르 가문의 소가주다운 모습이 보이는군."

"그런가?"

대화를 하는 이들은 바로 아론과 길버트였다. 그 둘이 있는 곳은 현재 소가지 전용 집무실이다. 그와 반대편에 서 있는 이들의 온갖 방해 공작에도 불구하고 이제는 어엿하게 플람베르 가문의 소가주로 인정받고 가문의 대소사를 다루고 있는 소가주의 집무실 말이다.

　"그래. 단지 얼굴이나 보자고 부른 건 아닐 테고."

　먼저 아론이 본론으로 들어갔다. 그에 길버트는 말없이 자신의 앞에 놓인 찻잔을 들어 한 모금 머금었다. 아론 역시 마찬가지로 찻잔을 들어 찻물을 들이켰다.

　"직설적인 건 여전하군."

　"갑자기 변하면 죽는다고 해서 말이지."

　"아직 때는 아닌 모양이로군."

　"그래. 실없는 이야기는 그만두고 압력을 받고 있나?"

　"역시. 알고 있었군."

　"귀족들이 우리에게 이래라저래라 할 수는 없지."

　"그런가? 그러면?"

　"에퀘스의 성역이지."

　"별일이로군. 고작 용병들이 만든 마을에서 벌어진 일인데 말이지. 그리고 용병들이 어디로 가는 것도 아니고 그저 플랑드르로 이동한 뿐이고."

　"그래서 더 그렇지."

"혹시 칼뤼베이우스 가문인가?"

"역시 그렇지."

"칼뤼베이우스 가문이라… 왠지 석연치 않은데?"

"왜?"

"행동이 너무 빨라. 마치 이런 일이 있는 것을 기다리고 있었다는 듯이 말이야."

"칼뤼베이우스 가문은 호시탐탐 우리 가문을 노리고 있었으니까."

"서열 2좌와 7좌인데?"

"누가 서열을 나눴는지는 모르지만 실상 각 가문 간의 서열은 그리 큰 의미가 없지."

"그런 건가?"

"그런 거네. 뭐 나누기 좋아하는 사람들이 나눈 것뿐이겠지만."

"그래도 대충 맞아 들어가지는 않나?"

"별로."

"당사자가 그렇다니 그런가본데? 그렇다면 상당히 큰일이로군."

"아직까지 가문은 자네를 도와줄 수는 없네."

길버트의 말에 픽 웃어보이는 아론.

"도와달라는 말은 한 적 없는데?"

"스스로 해결할 수 있나?"

"아니 스스로가 아니라 플람베르 가문은 참여하지 않을 수 없을 게야."

"알아. 그래서 의뢰를 하려고 하네."

"의뢰라……"

"임페리움 용병단 전체를 플람베르 가문에서 고용하겠네."

"비싸."

"그건 뭐 칼뤼베이우스 가문을 박살 내고 난 후에 처리하도록 하지."

"그동안 우리는 손가락 빨라고?"

"설마?"

"설마라……."

아론은 길버트의 말에 심유하게 길버트의 눈동자를 들여다보았다. 그리고 알 수 있었다. 알 수 없는 무언가 다른 일이 있음을 말이다.

"솔직히 말해."

아론이 비어버린 찻잔에 다시 찻물을 보충하면서 입을 열자 길버트는 고개를 저으며 입을 열었다.

"확실히 눈치는 빠르군."

"눈치는 처음 만났을 때부터 자네보다 빨랐어."

"북방의 조짐이 이상해."

"북방의 조짐?"

"오크들."

"아!"

잊고 있었다.

언제나 염두에 두고 있었지만 용병들의 마을을 통합하면서 잠시 접어두고 있었다. 벌써 상당한 시일이 지났으니 어쩌면 오크들은 북방의 일족들을 거의 일통했다 해도 과언이 아닐 것이다.

어차피 인간에게 적대적이었던 오크들이니 그 힘이 하나로 통일됨에 남은 것은 바로 하나였다.

바로 전쟁.

인간과의 전쟁이었다.

무력으로 오크 일족을 통합했으니 그 남은 힘을 발산하기 위해서는 필연적으로 필요한 것이 바로 전쟁이었다. 그리고 결정적으로 다른 이들은 모르고 있는 사실을 아론은 알고 있었다.

'그들이 바로 일곱 개의 힘 중 두 개의 힘이 관여했다는 것이겠지.'

그래서 더 위협적이다.

그것을 알고 있는 아론의 얼굴은 살짝 굳어졌다. 하지만 겉으로 드러날 정도는 절대 아니었기에 길버트조차 아론의 표정을 읽을 수는 없었다.

"그런데 묻고 싶은 것이 있네."

"살살……."

아론의 실없은 말에 피식 웃어버린 길버트가 입을 열었다.

"대체 왜 그들을 감시하라고 한 건가?"

"알잖은가?"

"뭘?"

"카툼."

"하지만 그는 그저 회색 오크 일족 내부의 일일 뿐이네."

"나비의 날개짓이 태풍을 일으키는 법이야."

"태풍이 될 것이라고 생각하는가?"

"인간들이 개입되어 있어."

"…오크들의 통합에 말인가?"

"그래."

"……."

아론의 말에 다시 다 마셔 버린 찻잔에 찻물을 보충하는 길버트. 그는 잠시 차를 바라보다 단숨에 들이켠 후 다시 아론에게 물었다.

"알고 싶군."

"뭐를?"

"자네가 나에게 말하지 않는 부분을 말이지."

"흐음……"

그에 아론은 찻잔을 놓은 채 팔짱을 끼고 고민에 잠겼다. 길버트는 그의 깊은 생각으로부터 결론을 내릴 때까지 기다렸다. 그에게는 산적한 결재 서류가 존재했지만 그런 결재 서류보다 지금 자신의 눈앞에 있는 친구의 결정이 더 중요했다.

"흐음."

오랫동안 고민에 잠겼던 아론이 나직하게 입을 열었다. 그에 만지작거리던 찻잔을 내려놓는 길버트.

"넌 날 믿나?"

"믿지."

"얼마만큼?"

마치 어린 아이들의 대화처럼 유치한 물음에 길버트는 잠시 멍하게 그를 바라봤다. 아론의 질문을 대체 어떻게 해석해야 할지 몰랐기 때문이었다.

"흐음. 얼마만큼이라… 그게 중요한가?"

"그래. 대답할 수 없나?"

"이거 참. 뭐라 해야 할지 모르겠군."

"그럼 묻지. 내가 반역을 한다면 나를 믿어주겠나?"

"반역?"

"그래."

"믿지."

"너무 간단하게 답을 하는군."

"내가 아는 자네는 절대 반역을 할 인물도 아니고, 설사 반역을 한다 해도 결코 사욕을 위해서 반역을 하지 않을 것이기 때문이지."

"그만큼 나를 믿는다는 말이로군."

"그리고 자네는 나와 우리 가문의 은인이니까."

"그 말이 맞네."

그때 노회한 목소리가 들려왔다. 그에 길버트와 아론은 자리에서 일어나 노회한 목소리의 주인공을 맞아들였다.

"왔으면 나를 찾아올 것이지."

"그렇게 되었습니다."

바로 플람베르 가문의 가주였다. 아론이 왔다는 전언을 듣고 집무실을 벗어나 직접 소가주의 집무실로 발걸음을 한 그였다. 그러다 길버트와 아론의 대화를 들을 수 있었다. 그는 이것이 우연이 아님을 알 수 있었다.

이미 그는 아론의 실력을 어느 정도 짐작하고 있었다. 물론, 인피티니 마스터가 아닌 그랜드 마스터 정도 되지 않을까 하고 생각할 뿐이었다. 그가 생각할 수 있는 범주는 그 정도였으니까 말이다.

하지만 그레이트 마스터와 그랜드 마스터와의 차이는 그야말로 종이 한 장 차이. 하나, 그렇다고 해서 간단하게 뛰어넘을 수 있는 존재는 아니었다. 그 종이 한 장 차이를 극복하기 위해 평생을 바쳐도 극복하지 못하는 것이 99.9%였으니까 말이다.

지금도 마찬가지다.

아론이 자신의 존재감을 몰랐을 리 없었다.

그래서 그들의 대화에 끼어든 것이다.

"어쨌든 나 또한 이놈과 같은 생각이네."

"그렇습니까?"

"그러니 자네가 하고자 하는 말을 해도 괜찮네."

"흐음……."

나직하게 한숨을 내쉰 아론이 서서히 입을 떼었다.

"이야기의 시작은 꽤 오래 전으로 거슬러 올라갑니다."

그러면서 길버트를 바라봤다.

"길버트를 만나기 전이니까요."

"그렇다면 꽤 오래된 이야기군."

"그렇습니다."

"오래 걸리더라도 듣겠네."

"길버트 자네도 알 것이야. 여명 작전이라고."

"알지, 잘 알지. 그 작전이 없었다면 나는 자네를 만날 이유가 없었으니까."

"그 여명 작전은 실패한 작전이지."

"그렇지."

"이야기는 그때부터 시작이네."

아론의 길고 긴 이야기가 시작되었다. 중요한 대목에 이를 때마다 길버트와 플람베르 가주는 얼굴 굳히기도 하고, 나직하게 탄성을 지르기도 했다. 그렇게 시간은 흐르고 아론의 이야기는 거의 끝을 달려가고 있었다.

"결국 앞으로 다가올 미증유의 대란은 한 개인의 욕심으로 인한 것이로군."

"그렇기는 하지만 그래도 다행인 것은 그 욕심이 중간에 끝이 났다는 것이지요."

"그렇기도 하군. 어쩌면 다행일 수도 있겠군."

"그런데……."

그러면서 플람베르 가주와 길버트를 바라보는 아론.

"제 말을 믿습니까?"

"믿어야 하지 않겠나? 그 당사자가 눈앞에 있으니 말이야."

"그렇다 해도 쉽지 않을 것인데……."

"물론, 쉽지 않네. 하나, 그레이트 마스터에 이르러 정신력이 확장된 덕분인지 사람의 말이 진실인지 아닌지 정도는 구분이 되더군. 그래도 쉽게 믿을 수 있는 일은 아니지만 말이지."

"믿어주신다니 다행이로군요."

"자네의 말대로라면 이 세계는 두 가지의 사건이 일어나겠군. 하나는 인간들 사이에서, 하나는 인간과 오크들 사이에서 말이지."

"그 외에도 여러 가지의 일이 동시다발적으로 일어날 것입니다."

"문제로군."

"그렇습니다. 오랫동안 준비해 오고 세력을 구축해 온 그들을 막아내기란 어려움이 있지요."

"어떻게 해야 하겠나?"

"이제부터라도 준비해야 할 것입니다."

"준비, 준비라… 그렇지, 우리도 세력을 만들어야 하겠군."

"그래야 할 것입니다."

"쉽지는 않겠군."

"쉽다면 일이 이 지경으로 흘러오지는 않았을 겁니다."

"그거……."

아론과 가주의 대화에 조용히 있던 길버트가 입을 열었다. 그에 둘의 시선이 길버트에게로 향했다.

"얼마나 가능성이 있나?"

"가능성이라… 글쎄, 그건 모르겠군."

"불확실한가?"

"자네는 이런 일에 확실성이 있다고 생각하나? 어쩌면 오크족 전체와 인간들 전체와 싸워야 할지도 모를 일인데 말이지."

"뭐 하긴 그렇군."

그렇게 묻는 길버트의 표정은 그리 망설이는 표정도 혹은 아론의 말한 사실에 대해 일말의 의혹을 가진 것처럼 보이지도 않았다. 그냥 말이 나왔으니 확인해 보겠다는 그런 표정 같았다.

"아버지는 어떠십니까?"

"나?"

"예."

"이미 가문의 대소사는 네가 결정하는 것이지 않더냐?"

"그렇긴 하지만 이것은 절대 가벼운 일이 아니지 않습니까?"

"나의 지원을 바라는 게냐?"

"예. 저 혼자 하기에는 가문의 소요를 감당하기 힘들 것 같습니다. 더불어……."

아마도 이것이 바로 그가 하고 싶은 말일 것이다. 그에 플람베르 가주와 아론의 시선이 그에게로 향했다.

"내부의 적을 이대로 둘 수는 없을 것 같습니다."

"하지만 내부의 적을 없앤다면 오히려 그들에게 경각심을 가질 수 있게 할 수도 있지 않겠더냐?"

"그렇기는 하지만 내부의 의견이 분열됩니다."

"하긴, 그것도 문제로군."

길버트의 말에 마뜩찮다는 듯이 인상을 찌푸리는 플람베르 가주였다. 그럴 수밖에 없는 것이 길버트가 내부의 적이라고 단정 짓는 이의 신분이 문제가 되기 때문이었다. 아무리 은밀하게 움직이고 있다고는 하지만 그레이트 마스터에 오른 이가 두 명이었다.

그런 그들의 감각에 걸리지 않은 이는 많지 않았고, 지속적으로 가문 내의 인물들을 살펴본 바 둘은 어느 정도 확신을 가지고 있었기 때문이었다.

"내부라… 혹시?"

아론이 입을 열었다. 그에 길버트는 고개를 끄덕였다. 애초에 길버트 그에게 단서를 준 것이 바로 아론이었기 때문이었다.

"자네 예상이 맞았네."

"그렇군. 그러면 그를 두고 하는 말인가?"

"그래."

"그렇다면 굳이 어렵게 돌아갈 필요 없지."

"무슨 말인가?"

"두 개의 정보를 흘리는 거지."

"두 개의 정보?"

"아!"

아론의 말에 길버트와 플람베르 가주는 무릎을 치면서 감탄했다. 듣고 보니 너무나 간단한 해결책이었다. 하지만 듣기 전에는 상상조차 할 수 없었던 해결책이기도 했다.

"역시. 진즉에 자네에게 물어볼 걸 그랬군."

"자꾸 그러면 버릇되는데……."

그에 시원스럽게 웃어버리는 길버트였다. 아마도 자신의 고민을 한 방에 해결해 준 아론 덕분에 앓던 이가 쑥 빠져나가는 듯한 느낌이 들어서일 게다.

"그건 그렇고 오랜만에 왔는데 어떤가?"

"상관없겠지요."

"나도."

"함께해도 괜찮을 것 같군."

"둘이 함께?"

"그렇습니다."

"흐음. 아무리 자네라 해도 쉽지 않을 텐데?"

"글쎄요. 그건 해봐야 알지 않겠습니까?"

"어쨌든 가지."

"알겠습니다."

플람베르 가주와 길버트는 급하다는 듯이 아론을 재촉했다. 사실 그 둘이 급한 것은 사실이었다. 그 둘은 그레이트 마스터였다. 같은 그레이트 마스터라 할지라도 그 둘은 전력을 기울여 대련을 할 수 없었다.

자칫 잘못하면 상대방에게 치명타가 될 수 있으니까 말이다. 하지만 아론이라면 다를 수 있다고 생각했다. 자신들이 전력을 다해도 충분히 자신들에게 가르침을 내려줄 수 있었다. 물론, 1 대 1의 경우였다.

하나, 의외로 둘이 함께 덤벼도 된다니 조금은 걱정되기도 했다. 하지만 그 둘은 자신들의 생각이 어리석었음을 깨닫는 데 별로 오래 걸리지 않았다.

콰아아앙!

"크윽!"

"후욱!"

전력을 다해 달려든 두 명이 미친 듯이 튕겨져 나가고 단단하기 그지없는 돌에 깊은 골을 만들며 가주의 개인 연무장에 균열이 생길 정도로 두드려 맞고 있었다. 그 말이 가장 적당했다. 이건 대련이라기보다는 두 명이 일방적으로 두드려 맞고 있다는 것이 맞을지도 몰랐다.

애초에 둘은 아론을 그랜드 마스터 정도이지 않을까 하고 막연하게 생각하고 있었을 뿐이었다. 그래서 그레이트 마스터 두 명이면 충분히 감당할 수 있지 않을까 하는 생각을 가졌다. 하지만 결론적으로는 아니었다.

"괴물이로군……."

"이게 그랜드 마스터라고?"

둘은 엉망이 된 모습으로 질렸다는 듯이 입을 열었다. 그런 그들을 보며 아론은 가볍게 입을 열었다.

"내가 언제 그랜드 마스터라고 밝힌 적 있던가?"

"그럼?"

"꼭 찍어 먹어야 똥인지 스폰지 알 수 있는 것은 아니지 않나?"

"그렇다는 것은……."

"설마……."

아론의 말에 둘은 동시에 하나의 경지를 떠올렸다. 과거 고대 시대에 혹은 신화시대에 드래곤과 친구가 되어 마왕과 싸웠다던 지고한 경지에 이른 인간을 말이다.

'인피니티 마스터?'

그 하나의 단어일 뿐이었다.

'그게… 가능한 경지였던가?'

아론 스스로 자신은 인피니티 마스터라고 말을 하지 않았으니 아닐 수도 있을 것이다. 하지만 둘은 이 순간 확신할 수 있었다. 플람베르 가주의 경우 어떤 깨달음에 대한 단초만 있다면 당장에라도 그랜드 마스터에 오를 수 있을 정도의 실력을 지녔고, 길버트 역시 동급의 그레이트 마스터 중에 그 상대를 찾기 힘들 정도였다.

그런데 그 둘이 전력을 다해 아론을 상대하고 있음에도 불구하고 거의 압도적이라 할 수 있을 정도로 밀리고 있었다. 아니 그냥 애와 어른의 싸움 같았다. 아무리 대단한 그랜드 마스터라 할지라도 그레이트 마스터 둘을 이렇게 압도적으로 밀어붙일 수는 없었다.

그래서 둘은 하나의 단어를 떠올리는 것이다.

신화시대와 고대 시대에 이어 단 한 명도 모습을 드러낸 적 없는 존재를 말이다. 인간이되 인간이 아닌 존재를 말이다.

"끄으응!"

확신을 한 플람베르 가주는 전신에 힘이 쭉 빠져나가는 것 같은 기분에 앓는 소리를 낼 수밖에 없었다. 어느 정도 가까워졌다고 생각했다. 하지만 이미 아론은 자신이 어찌해 볼 수 있는 수준의 인간이 아니었다.

"더 하시겠습니까?"

"끄응. 더 했다가는……."

"죽을 것 같군."

둘은 이미 손가락 하나 제대로 들 힘조차 남아 있지 않았다. 둘은 제멋대로 널브러져 그대로 잠들어 버렸다. 탈진한 것이다. 그런 둘을 멀뚱하게 바라보는 아론. 저들이 깨어나려면 시간이 좀 필요할 것 같았기 때문이었다.

"쯧. 어떻게 한다……."

머리를 긁적이며 입을 여는 아론.

그러더니 이내 털썩 주저앉아 결가부좌를 틀고 앉는 아론이었다.

그 또한 이 시간이 소중했다.

왜냐하면 그동안 그 역시 이렇게 조용한 시간을 가진 적이 없었기 때문이었다. 언제나 누군가와 함께였다. 끊임없이 사건이 연속되었고, 그 사건을 해결하기 위해 부단히도 노력을 해왔기 때문이었다.

그 역시도 자기 자신을 위한 시간이 필요했다. 딱히 깨달음이나 그런 것이 아니었다. 육체적으로 쉬지도 자지도 먹지도 않아도 될 그였다. 정신적으로도 역시 마찬가지였다. 그의 정신력은 이미 드래곤과도 같이 광대하기 그지없었다.

그러함에도 그는 여전히 인간이기를 고집한다. 인간으로 살다가 인간으로 죽고 싶었다. 그는 눈을 감고 자는 것인지 생각하는지 모를 공간속으로 빠져들었다. 오로지 자신만의 세계로 말이다.

그동안 정리되지 않았던 것이 하나둘 정리되기 시작했다. 무언가 허전하고 공허했던 것이 하나 하나 채워지기 시작했다. 그 와중에 아론은 자신이 너무 삭막하게 살아왔다는 것을 알게 되었다.

하지만 그렇다고 해서 지금의 삶의 방식을 바꾸고 싶지는 않았다. 자신에게 큰 힘이 주어졌지만, 그 큰 힘에는 의무가 따랐다. 바로 자신에 의해 뿌려진 힘을 수거해야 한다는 것 말이다. 그렇게 힘을 수거한다고 해서 굳이 세계를 정복하거나 차원을 정복한다는 생각도 없었다.

그냥 흘러가는 대로 살아가고 싶었다. 이전에 자신이 하지 못했던 것들을 해보고 그렇게 살아가고 싶었다. 물론, 지금의 상황이 마무리된다면 말이다. 그 전까지는 전력을 다해서 현 상황을 타개해 나가야만 할 것이다.

그리고 그가 눈을 떴을 때 그의 눈앞에는 두 명이 조금은 질린 눈동자로 그를 바라보고 있었다.

"뭐 하는……."

"어떻게 기절한 우리보다 더 오래 그 무지막지한 자세를 유지한 채 앉아 있을 수 있지?"

"내가 뭐……."

"삼 일이 지났네."

플람베르 가주의 말에 아론은 살짝 놀랐다. 그저 잠시 생각한 것뿐인데 삼 일이라는 시간이 흘렀던 것이다. 그러다 문득 아론은 피식 웃으며 입을 열었다.

"얻은 것이 좀 있습니까?"

그는 아무렇지도 않게 결가부좌를 푼 뒤 물었다. 너무나도 천연덕스러운 그의 모습에 플람베르 가주와 길버트는 말문을 닫을 수밖에 없었다.

"조금 달라진 것 같긴 한데 말입니다."

길버트는 어깨를 으쓱해 보이며 가주에게 답을 했다. 가주 역시 그런 길버트와 한 번 일별하고 아론에게 시선을 둔 후 손을 들어 엄지와 검지를 닫을 듯이 들어 보이며 나직하게 입을 열었다.

"조오금. 아주 조그만 단서를 잡은 것 같군."

그에 아론이 슬쩍 입꼬리를 말아 올리면서 고개를 끄덕였다.

"그 단서가 뭡니까?"

질문은 길버트가 했다.

"느림."

"느림?"

이해하지 못하겠다는 듯이 고개를 갸우뚱하는 길버트와는 대조적으로 아론은 고개를 끄덕였다. 자신이 의도하고자 하는 것을 정확하게 받아들이고 있었기 때문이었다. 길버트에게 바란 것은 아니었다.

길버트가 자신의 가르침을 깨닫기 위해서는 조금 더 시간이 필요했다. 그 이유는 그레이트 마스터에 오른 지 얼마 되지 않았고, 아직 완벽하게 그레이트 마스터에 대한 정수를 깨달은 것이 아니었기 때문에 혹시라도 오랜 시간 동안 그레이트 마스터에 머물며 그 정수를 흡수한 가주라면 가능하지 않을까 했는데 역시 플람베르 가주는 아론의 기대를 저버리지 않았다.

'이로써 또 하나의 힘을 얻었다.'

물론, 그냥 친분의 힘으로 그에게 깨달음을 베푼 것은 아니었다. 앞으로 상대해야 할 강대한 적을 위해 힘을 차곡차곡 축적하고 있는 것이었다.

그것은 플람베르 가문에서만이 아니었다. 아론이 플람베르 가주와 길버트와 함께하고 있는 이 순간 제이니스 제국에는 몇 개의 풍문이 떠돌고 있었다.

그 풍문이란 바로……

'우든 마을이 사라졌다.'

'아니 토툰 마을과 쿠테란 마을도 사라졌다.'

'그 세 마을은 세력 다툼을 하다 결국 양패구상을 당한 것이다.'

'아니다. 토툰 마을이 사라졌다. 토툰 마을의 촌장이 본래의 야욕을 드러내 우든 마을을 집어삼키려다 오히려 당했다.'

'그리고 우든 마을은 플랑드르라는 곳으로 마을 전체가 이주했다.'

'플랑드르? 그곳이 어디냐?'

'제국의 남동부에 있는 지역이다.'

'왜 그곳으로……'

'놀라지 마라. 플랑드르는 플람베르 가문의 영역이고, 지금 플랑드르는 한 용병대가 그 근거지로 하고 있다.'

'플람베르 가문? 그러면 우든 마을이 플람베르 가문에 흡수된 것이냐?'

'아니다.'

'그러면?'

'말했지 않나. 한 용병대의 근거지라고.'

'그게 말이 되나? 플람베르 가문은 에퀘스의 성역의 2좌에 해당하는 가문이다. 그런 가문에 독자적인 세력을 가진 용병대라니. 말도 안 된다.'

'말이 되든 안 되든, 사실은 사실이다.'

'그럼 뭐냐? 대체 어떤 용병대냐?'

'임페리움 용병대. 아니 이제는 임페리움 용병단이라 불러야 하겠지.'

'그게 가능한 일이냐? 어떻게⋯⋯.'

'그래서 이번 참에 가볼 생각이다.'

'왜?'

'확인해 봐야 하지 않겠나?'

'그건 그런데⋯⋯.'

'그리고 또 다른 하나의 사실이 바람결에 들려오고 있다.'

'또 다른 사실?'

'임페리움 용병단은 그곳을 용병들의 대지라 부른다고 하더군.'

'용병들의 대지……'

'그래. 용병들의 대지다.'

'그런……'

'그래서 확인해 보려 한다.'

'나도, 나도 같이 가세.'

'소문일 뿐이다.'

'그게 말이나 되는 소리냐.'

'흥! 어떤 미친놈들이 또 소문을 뿌린 것이겠지.'

'그래. 소문은 소문일 뿐이다.'

'어디 이런 일이 한두 번이더냐? 괜히 기대하지 마라. 기사들이나 귀족들이 그 상황을 퍽이나 인정하겠다.'

'그래도 나는 가보련다.'

'멍청한 소리 하지 마라.'

'죽고 싶냐?'

'아직까지 그들이 사라졌다는 말은 못 들었다. 희망을 걸어볼 수 있지 않나?'

'그건……'

용병들 사이에서조차 의견이 갈리고 있었다. 말도 안 된다는 소리도 있었고, 그래도 확인은 해봐야겠다는 용병들도 있었다. 그런 와중에 또 다른 소문이 돌기 시작했다.

'임페리움 용병단에서 신입 용병들을 모집한다더라.'

'뭐라고?'

'아직 건재하다고?'

'임페리움 용병단이 실재한 용병단이라고? 그저 소문이 아니었다고?'

'그리고 새로운 소식이 있다.'

'무슨?'

'드디어 용병왕이 탄생했다.'

'뭐라고?'

'그 거짓말, 정말이냐?'

'모르지. 아직 확인되지 않았으니 말이지.'

'무슨 개소리냐. 용병왕이 내가 용병왕이요 한다고 해서 용병왕이 되는 건가? 모든 용병들이 인정해야만 용병왕이 되는 거다.'

맞는 말이었다.

하지만 그 진의나 의견과는 상관없이 용병왕이 탄생했고, 그 용병왕은 임페리움 용병단의 단장이라는 소문이 끊임없이 들려오기 시작했다. 그리고 그런 용병왕을 시험하기 위해서, 혹은 확인하기 위해서, 혹은 제거하기 위해서 수없이 많은 이들이 플랑드르로 향하게 되었다.

거기에 또 하나의 소문이 퍼지기 시작하였다.

'플랑드르에는 이둔 마을의 용병과 쿠테란 마을의 용병들이 모두 있고, 그들은 스스로 용병왕의 휘하에 들었다.'

사람들은 말도 안 된다고 했다.

헛소리라고 치부했다.

하지만 그에 대한 소문은 전혀 줄어들지 않았다.

처음에는 이름도 모를 이들이 도전했고, 시간이 지남에 따라 한 지역에서 명성을 가지고 있는 이들이 플랑드르로 향해 용병왕이라는 자에게 도전하기 시작했다.

"막다리나의 와일드 보어 빅쇼요."

"와봐."

"당신이 용병왕이오?"

"왕이 그냥 왕은 아니잖아? 그리고 어중이떠중이들이 다 왕에게 덤비면 그게 왕이겠어?"

"그런……"

"난 그냥 문지기야."

문지기라고 자처하는 자, 바로 제라르였다.

그에 빅쇼는 흠칫 놀랐다.

그냥 보기에도 실력을 가늠할 수 없을 정도의 실력자였다. 어찌 보면 지극히 평범해 보이는 자. 하지만 오랜 용병 생활을 하면서 갈고 닦인 감각에 의하면 절대 이런 부류의 사람은 무시해서는 안 된다고 경고하고 있었다.

그에 제라르는 씨익 웃어보이며 입을 열었다.

"와일드 보어는 무슨 ,여우구만."

"크음."

제라르의 말에 헛기침을 해 보이는 빅쇼.

그때 제라르는 뒤를 향해 냅다 외쳤다.

"챠알스~"

"예, 형니임."

"손님 받아라아~"

"아이고. 고맙습니다아~"

그러면서 어디선가 용병이 튀어 나왔다. 그리고 빅쇼는 침음을 흘릴 수밖에 없었다. 자신도 체구에는 자신 있다고 생각했다. 지금까지 어디 가서 체구로 밀려본 적 없었으니까 말이다. 그런데 지금 눈앞으로 다가온 자는 자신보다 머리 하나는 더 있었다.

'무, 뭐 이렇게 커?'

그는 속으로 침음을 삼켰다. 아니 겉으로도 침음을 삼켰다.

"와아~ 나만 한 놈은 또 처음이네. 반갑다. 난 챨스다."

"아, 어… 비, 빅쇼다."

"그래, 그래. 그런데 용병왕님을 만나고 싶다고?"

"그, 그래."

"그렇겠지. 실로 얼마만의 용병왕이야. 하지만 그래도 용병왕인데 그냥 만날 수는 없잖아. 안 그래?"

"그야 그렇지."

"그러니까 자격이 있어야 하겠지. 저래 보여도 저 형님이 상당히 쎄서 나 정도는 그냥 한 주먹거리야. 그래서 친구를 나에게 넘긴 거지."

"그, 그런가? 한데……."

"어떻게 시험하냐고?"

"그, 그렇지."

"일단 왼손을 내밀어. 오른손잡이지?"

"어, 어……."

엉겁결에 왼손을 내민 빅쇼. 그의 손을 맞잡자 챨스는 단단하고 질긴 줄로 왼손을 둘둘 말아 묶어버렸다.

"이, 이걸 왜?"

그에 챨스는 씨익 웃으며 자신의 할 말만 했다.

"이제 왼발을 내밀어."

그리고 빅쇼는 어느새 왼발을 내밀고 있었다. 중간 지점에서 왼발과 왼손이 위치했고, 둘은 서로 비스듬하게 마주볼 수밖에 없었다.

"그리고 한 대씩 치는 거야. 먼저 나자빠지는 놈이 지는 거지. 어때? 굉장히 사내답지 않나?"

"······."

뭐라 말할 수 없었다.

굉장히 단순하지만 아무것도 쓰지 않고 오로지 주먹으로만 상대를 쓰러뜨린다. 피하고 자시고 할 필요도 없다. 그냥 버티면 되는 것이다. 어떤 야료가 있을 수도 없었다. 그에 처음에는 얼떨떨한 표정을 짓던 빅쇼가 이를 드러내며 웃었다.

"이거 마음에 드는군."

"그렇지?"

"그래. 그럼 누가 먼저?"

"그래도 내가 더 큰데 선수를 양보하지."

"정말? 후회할 텐데?"

"용병왕을 모시고 있는 임페리움 용병단의 용병이라면 자신의 말에 책임을 져야 하지. 그리고 나는 임페리움 용병단의 용병이고 말이지."

"호오~"

대단한 자부심이었다.

도대체 이런 자들이 어디에서 튀어 나왔는지 알 수 없었다. 이 정도의 덩치에 이 정도의 힘이면 어떤 소문이라도 들었을 터인데 전혀 들은 바가 없었기 때문이었다.

'뭐 그것이 중요한 것은 아니지.'

다른 아무것도 없고 오로지 힘과 힘. 주먹과 주먹의 싸움이었다.

"후읍!"

빅쇼는 크게 숨을 들이켰다. 그리고 주먹을 말아 쥐었고, 내질렀다.

쉬익!

공기를 찢는 듯한 날카로운 소리가 들려왔다.

퍼억!

둔탁하고 묵직한 느낌이 빅쇼의 감각에 걸렸다. 그리고 그는 기대했다. 뒤로 서서히 넘어가는 챨스를 말이다. 하지만 왼팔에 느껴지는 감각은 전혀 아니었다. 빅쇼의 얼굴은 딱딱하게 굳어졌다.

"시원하네. 그럼 내 차례네?"

"크흠. 조, 조금 약했나 보군."

"아냐, 아냐. 약하지는 않았어. 내가 아니었으면 아마도 안면이 함몰되었거나 최소한 코뼈가 주저앉았을 거야."

"그, 그렇군."

"어금니 꽉 물어. 잘못하면 터질 수 있으니까."

"뭐?"

되묻는 그 순간 그의 눈앞에는 상상조차 할 수 없을 정도의 거대한 주먹이 다가오고 있었다.

"흡!"

빅쇼는 자신도 모르게 숨을 들이키며 어금니를 꽉 깨물었다.

퍽!

앞이 노래졌다. 그 속에 별이 몇 개 보이는 것 같기도 했다.
그리고 이내 까무룩 어두워졌다.

추욱!

챨스는 입맛을 다시며 축 늘어져 버린 빅쇼를 바라봤다.

"그래도 조금 버텨주지는……."

그때 그의 어깨를 툭툭 두드리는 누군가가 있었다. 그가 고
개를 돌렸을 때 그곳에는 제라르가 있었다.

"니 주먹이 보통 주먹이냐?"

그에 챨스는 자신의 주먹을 들어보였다. 그러다 씨익 웃으
며 입을 열었다.

"그렇죠?"

"마스터도 니 주먹을 맞으면 기절할걸?"

그에 어깨를 으쓱해 보이는 챨스. 그런 둘을 바라보고 있는
이들이 있었으니 바로 용병왕의 실체를 확인하기 위해 플랑드
르를 방문한 용병들이었다. 수없이 많은 용병들이 이 시험을
통과하기 위해 몰려들었다.

하지만 지금까지 단 한 명도 이 시험을 통과한 용병은 없었
다. 그리고 그때마다 용병들을 상대하는 임페리움 용병들 역

시 바뀌었다.

"도대체 임패리움 용병들은 뭔 괴물들만 모여 있는 거냐?"

"그러게 말이다. 저 덩치 한 번 봐라. 그냥 덩치로만 압사시킬 것 같다."

"그러니 빅쇼가 저렇게 한 방에 나가떨어지지."

"빅쇼? 알아?"

"동향인데 알지."

"굉장한 모양이지?"

"굉장? 내가 있던 곳에서 빅쇼의 말을 거스를 용병은 없었어. 기사들조차도 빅쇼와 대적하기 싫어했거든."

"그, 그래?"

너무 간단하게 나가떨어져서 그냥 그저 그런 놈이라고 생각했다. 그런데 기사들조차 상대하기 싫어할 정도였다면 상당한 실력을 지녔음을 짐작할 수 있었다.

"대단했던 모양이군."

"대단? 대단하기는 했지. 저 찰스라는 용병을 만나기 전까지는. 단 한 번도 져 본 적이 없는 그니까."

"허어~"

도대체 임페리움 용병단은 어떤 용병단이란 말인가? 그리고 이쯤 되니 의문이 들었다.

'용병왕이라는 자. 정말 있나? 있다면 정말 대단한 자겠지?'

그렇게 생각했다.

그때 등 뒤로부터 소란스러운 소리가 들려왔다.

"비켜! 비켜!"

"어떤 새끼가……."

비키라고 하는지 따지려 인상을 잔뜩 찌푸린 채 뒤를 돌아
보던 용병의 얼굴은 딱딱하게 굳어졌고, 이내 슬쩍 다리를 움
직일 수밖에 없었다. 그가 그럴 수밖에 없는 것이 얼굴에 온
통 붉은 칠을 하고 마치 해골처럼 분장하고 있는 이들이 모습
을 드러냈기 때문이었다.

바로 악명 높기로 유명한 레드 스컬 용병대였다.

그들은 난장판을 벌이지 않았다. 다만, 분위기를 조성할 뿐
이었다. 아직까지 굵직굵직한 용병들은 움직이지 않고 있었
다. 그 와중에 레드 스컬이라면 중소 규모의 용병대들조차 한
수 접어줄 정도의 세력을 가지고 있었다.

물론, 세력도 세력이지만 그들이 가지고 있는 악명은 그 세
력을 저리 밀쳐놓을 정도로 대단한 것이었다. 단지, 그 모습을
지켜보는 것만으로도 용병들이 뒷걸음질 칠 정도로 말이다.
그들의 등장으로 달아오르던 장내의 상황은 순식간에 싸늘하
게 식어갔다.

그때 그들을 멀뚱하게 바라보는 이가 있었으니 바로 제라르
와 찰스였다. 그들의 옆에는 어느새 유리와 니콜라이도 나와

있었다.

"쟤들은 또 뭐래?"

"모르지라."

"분명한 것은 별로 호의적이지는 않은 것 같거든요."

"에이씨, 분위기 좋았는데."

"그렇지라."

"아마 우릴 싫어라 하는 놈들이 보낸 것 같거든요."

"그렇겠지. 뭐, 가자."

"오히려 잘 됐네요."

챨스가 씨익 웃으며 목을 돌렸다. 그에 제라르는 피식거리며 나직하게 웃었다. 그렇지 않아도 너무 잔챙이들만 와서 찌뿌둥하던 차였다. 그리고 이런 사건이 나면 오히려 더 좋았다. 저런 쓰레기들을 치운다면 임페리움 용병단의 명성은 더욱더 올라갈 것이다.

물론, 지금 이곳에 발을 디딘 레드 스컬이라는 용병대는 충분히 자신이 있기 때문에 이곳으로 왔을 것이다. 자신들의 힘이라면 임페리움 용병단쯤은 아무렇지도 않게 사라지게 만들수 있다고 생각하고 있을 것이다.

거기에다 그 속에는 그들 이외에 다른 세력이 있을 수도 있었다. 제라르가 웃는 이유는 바로 그것이었다. 이미 제라르 역시 그레이트 마스터에 오른 상황에서 그의 눈을 속이기에는 그들의 행동은 너무나도 어색했다.

'새끼들, 하려면 좀 제대로 할 것이지. 오냐, 한번 해보자.'

제라르는 단단히 마음을 잡았다.

용병들은 그 모습을 지켜봤다.

그런데 이상한 것은 그 극악무도한 레드 스컬 용병단이 왔음에도 불구하고 임페리움 용병단에서 나오는 인원은 없었다. 고작해야 네 명이었다. 그 네 명이 레드 스컬을 향해 기세를 내뿜으며 걸어가고 있었다.

그것도 너무나도 태연하게.

그리고 마주섰다.

"뭐냐?"

제라르가 나직하게 으르렁거렸다.

"비켜!"

가장 선두에 선 자가 나직하게 경고했다. 그에 제라르가 피식 웃어버렸다. 여타의 용병들이라면 그 기세에 움츠러들지도 몰랐지만 임페리움 용병단에서는 아니었다. 이유는 기본적으로 임페리움 용병단은 이것보다 더 지독한 기세를 받아넘겨야 했기 때문이었다.

"왜에에?"

제라르가 말꼬리를 흘렸다. 마치 놀리듯이 말이다.

꿈틀!

그에 제라르와 대화를 하던 용병의 시뻘건 얼굴이 꿈틀거렸다. 마음에 들지 않은 것이다. 그에 그 자가의 고개가 모로 꺾어지면서 마치 신기한 동물을 보듯이 제라를 바라보도 이내 음산한 미소를 떠올렸다.

"치워."

그리고 나직하게 입을 열자 그의 뒤에 있던 용병들이 앞으로 나섰다. 갑작스럽게 스산한 분위기가 조성되었다. 지켜보고 있던 용병들은 흥미롭다는 듯이 혹은 임페리움 용병단을 걱정하듯이 지켜봤다.

그들은 앞으로 나설 생각조차 하지 않고 있었다. 이것은 임페리움 용병단과 레드 스컬 용병단과의 일이었으니까 말이다. 그리고 결정적으로 아직까지 임페리움 용병단이 모든 용병들을 대표하는 집단이 아니었으니까 말이다.

지금까지 임페리움 용병단은 그저 호사가들의 재미있는 이야깃거리에 지나지 않았으니까 말이다. 때문에 대부분의 용병들은 흥미 가득한 시선으로 두 집단의 충돌을 지켜볼 뿐이었다. 물론, 임페리움 용병단은 전혀 그렇지 않아 보였지만 말이다.

"새끼들, 호들갑스럽기는."

전혀 호들갑스럽지 않게 움직이는 레드 스컬 용병단이었지만 제라르는 호들갑스럽다고 말했다. 그러면서 그는 슬쩍 찰스의 어깨를 툭툭 치며 입을 열었다.

"얼지 마. 니 몸뚱이에 칼집이라도 낼 수 있는 놈은 단 한 놈도 없으니까."

"안 얼었습니다. 재미있을 것 같긴 합니다."

"그래, 그래. 그런데 혼자 재미 보면 좀 그렇지 않냐?"

"부를까요?"

"같이 불러서 한번 제대로 질러봐."

"알겠습니다."

그렇게 답을 하기 무섭게 사방에서 챨스와 비슷한 체구의 용병들이 모습을 드러내고 있었다. 인원은 대략 열 명 정도. 그들은 모두 챨스와 비슷한 체구에 상체를 홀러덩 벗고 있었다.

"불렀냐?"

"저놈들이 하늘 높은 줄 모르는 것 같아서 말이다."

"그렇군. 그래, 어디 실력 좀 볼까?"

단지 열한 명이었지만 그 열한 명으로도 레드 스컬 용병단을 압도하는 것 같았다. 제라르와 유리, 그리고 니콜라이는 아예 팔짱까지 끼고 그 모습을 지켜보고 있었다. 흥미롭다는 듯이 말이다.

그리고 먼저 공격을 한 쪽은 레드 스컬 용병단이었다.

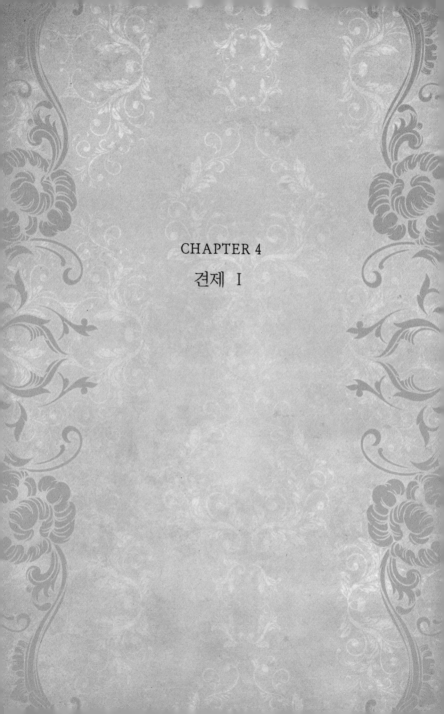

# CHAPTER 4

## 견제 Ⅰ

"어떻게 보십니까?"

"눈으로 잘 보고 있네."

"……."

말도 안 되는 대답에 잠시 침묵이 흘렀다.

"거참 농담도 못하겠군."

"지금 농담할 때입니까?"

"그럼?"

"제가 보기에는……."

"임페리움 용병단이 너무 무리하는 것 아니냐?"

"그렇습니다. 레드 스컬 용병단을 상대로 겨우 몇 명이라니요."

"나는 그렇게 보이지 않네."

"그럼?"

"저기 대검을 엑스자로 맨 자 보이나?"

"예."

"어느 정도 실력이라고 생각하나?"

"그야……."

"모르겠지?"

"으음……."

"자네도 최상급에 다다랐는데 자네가 그 수준을 가늠할 수 없다면 어느 정도 실력일까? 그리고 저런 대검을 쌍검으로 사용하는 자가 몇 명이나 있을까?"

"그건……."

"솔직하게 인정해. 평범한 사람이 저런 대검을 들고 자신만만하게 나설 수 있다고 생각하나? 혹은 저게 속임수라고 생각하나? 지금 이 상황에서? 말도 안 되는 억지는 부리지 말고."

"모… 르겠습니다."

"모르겠습니다가 아니지. 나조차도 저자의 실력을 가늠할 수 없는데 자네가 가늠할리가 없지."

그에 대화를 나누고 있던 자의 눈이 살짝 떠졌다. 놀라는 모습이었다. 자신이 알기로 자신의 곁에 있는 자는 그 수준이 최상급에 이르러 있었고, 오랜 용병 생활로 인해 뛰어난 안목을 자랑하는 이였다

그러함에도 불구하고 그가 가늠할 수 없다는 것은 최소한 마스터의 수준에 이르렀다고 해도 과언이 아니었다. 제이니스 제국을 대표하는 용병단은 아니어도 최소한 제이니스 제국에서 열 손가락 안에 꼽히는 용병단임은 분명했으니까 말이다.

'제이니스 제국의 10대 용병단 중 여덟 번째인 강철 해골의 용병단장조차 실력을 가늠할 수 없는 실력자가 있다는 말인가?'

'하지만 그렇다 해도 그 한 명이 레드 스컬 용병단을 어쩔 수는 없다.'

'레드 스컬 용병단의 단장 역시 10대 용병단 중 하나이고, 용병들 역시 실력이 만만치 않은데 말이지.'

'무엇보다 레드 스컬 용병단의 수가 3천을 넘는다는 것이지.'

'그런데 고작 열서너 명으로 어떻게 감당한다고……'

이게 대부분 용병들의 생각이었다. 하지만 강철 해골 용병단의 단장인 아이언은 달랐다. 자신조차도 양손대검을 그저 한손 검처럼 사용할 것 같은 자의 무력을 가늠할 수 없었다. 그가 가늠할 수 있는 자는 그와 함께 모습을 드러낸 두 명의

용병이었다.

다양한 크기의 방패와 다양한 길이의 창을 들고 있는 두 명. 그 두 명은 분명 가늠할 수 있었다. 단지 그들조차도 자신보다 훨씬 더 높은 경지에 있는 자라는 것을 확인할 수 있을 뿐이었다.

'어쩌면 레드 스컬 용병단은 이번에 사라질지도 모르겠군.'

그럴 수밖에 없는 것이 보통 사람들은 소드 마스터를 일인 군단이라고 일컫는다. 그만큼 소드 마스터의 무력은 상상을 뛰어넘는다는 것이다. 최상급의 기사 50명은 있어야 겨우 소드 마스터를 막아낼 수 있었다.

그런 소드 마스터로 보이는 자가 두 명이었다. 그리고 그 두 소드 마스터를 넘어서는 자로 보이는 자가 한 명이 있었다. 넘어선다 함은 최소한 그레이트 마스터라는 말이다. 말이 그레이트 마스터지 소드 마스터 열 명이 달라붙어도 쉽지 않은 상대라 할 수 있었다.

소드 마스터 열 명.

대체 얼마만 한 무력을 지닌 것일까? 최상급의 기사 500명이다. 그게 말이나 되는 말인가? 그냥 간단하게 제국의 근위 기사단이 모두 출동한다고 해도 양손대검을 엑스자로 매고 있는 자를 상대할 수 없다는 말이 된다.

그리고 자신이 이끄는 강철 해골 용병단의 바로 아래 등급으로 평가받고 있는 레드 스컬의 용병단이 아무리 강하다 해도 제국의 근위 기사단보다 강할 수는 없는 법이었다. 거기까지 생각이 미친 강철 해골 용병단의 단장인 아이언은 등줄기를 타고 흐르는 서늘해짐을 느꼈다.

그냥 도대체 어떤 정신없는 놈이 스스로를 용병왕이라고 칭하는지 보고 싶어 용병단 중에 몇몇을 이끌고 임페리움 용병단이 있는 플랑드르로 오게 된 것이었다. 그러나 오고 나서 보니 자신과 같은 생각을 하고 있는 이들이 상당히 많다는 것을 깨닫게 되었다.

제이니스 제국의 10대 용병단 대부분이 임페리움 용병단을 살피기 위해 와 있었던 것이다. 그리고 그 중 귀족들의 개라고 일컬어지고 있는 레드 스컬 용병단은 노골적으로 임페리움 용병단을 적대시하며 실력 행사에 들어가고 있었다.

용병단 전원을 대동한 것은 아니었지만 거의 3분의 2를 대동한 채 말이다. 그 말인 즉슨 임페리움 용병단을 지워 버릴 목적이라는 것이었다. 하지만 그들은 이곳에 온 후 '아차!' 하는 생각을 했을 것이다.

왜냐하면 스스로 용병왕이라고 칭한 임페리움 용병단의 단장이었다. 그런 자가 그냥 단순한 자일 리도 없었고, 소규모의 용병단을 이끌고 있을 리는 만무했기 때문이었다.

'이곳은 드래곤의 레어였어.'

뒤늦게 깨달았지만 어쩔 수 없었다. 아직 귀족들이 전면적으로 나서지는 않았지만 이번 일이 틀어지면 반드시 나서게 될 것이다. 그것도 드러내서 나서는 것이 아니라 은밀하게 말이다. 예전의 용병왕 후보들을 제거했던 것처럼.

그래서 아이언은 절반 정도는 버텨주기를 바라고 있었다. 물론, 지금까지 상황을 봐서는 그리 간단하게 당하지는 않을 것 같기는 해도 그래도 마음은 조마조마하기 그지없었다. 물론, 자신과 같은 생각을 하는 자들만 있으란 법은 없었다.

오히려 제국의 10대 용병단장들은 어처구니없어 할 것이다. 그들도 용병왕을 노리면서 용병들의 힘을 한데 모으려 하고 있었다. 용병왕이라는 권좌를 노릴 충분한 실력과 세력이 되는 자들이었다.

그런데 어디서 듣도 보도 못한 놈이 떡하니 용병왕이라 자처하고 나서니 오히려 호의적이기보다는 적대적이라고 해도 과언이 아니었다. 자신 역시 이곳에 와서 임페리움 용병단의 실력을 보기 전까지는 어처구니없어 했고, 불쾌한 생각마저 들었으니까 말이다.

그때.

"우와아아악!"

열 명의 거구의 사내들이 미친 듯이 앞으로 돌진해 들어갔다.

그리고 부딪쳤다.

"크아아악!"

용병들은 미친 짓거리라고 생각했다.

그저 맨몸으로 아무런 방어구나 무기조차 들지 않은 채 레드 스컬의 용병들에게 돌진해 들어가다니 말이다. 그래서 그들은 만용이라고 생각했다. 열 명의 거구의 사내들은 곧이어 피떡이 되어 죽음을 맞이할 것이라고 생각했다.

한데 아니었다.

비명은 열 명의 거구에게서 들려오는 것이 아니라 레드 스컬의 용병들에게서 터져 나오고 있었다.

챨스는 달렸다.

그리고 부딪쳤다.

칼끝이 할버드의 도끼날이 플레일의 위협적인 궤적이 자신의 전신을 두드렸다. 챨스는 막지 않았다. 막을 필요조차 없었다.

'단장님이 알려준 것은 드래곤 스케일. 그 어떤 것도 날 어쩔 수는 없다.'

강력한 믿음.

아론이 직접 지도한 드래곤 스케일은 전혀 접해보지 못한 것이었다.

무기는 필요 없었다. 오로지 적수공권. 마스터의 검조차 튕겨내는 단단한 피부와 마나를 사용하면 그레이트 마스터의 검조차 막아낼 수 있는 단단하기 그지없는 공부였다.

물론, 아직 마스터의 경지에 오르지 못해서 그 정도일 뿐이었다. 외부는 단단해졌지만 내부는 아직 단단하지 못했다. 하지만 그 누구도 알 수 없을 것이다. 그저 외부로 보이는 것만으로 그들은 압도당할 테니까 말이다.

턱!

"끄윽!"

레드 스컬의 용병 중 한 명의 목덜미를 잡았다.

그리고 휘둘렀다.

푸다다다닥!

"꺼어억!"

"피, 피해!"

"이런 씨……."

칼끝이 피부를 뚫지 못하고 빗겨 나갔다. 할버드의 도끼날이 근육에 부딪혀 미끄러졌다. 창날이 휘었고, 휘두른 플레일이 오히려 튕겨져 나갔다. 챨스는 잡히는 대로 집어 던졌고, 다가오는 대로 주먹과 발, 그리고 전신을 이용해 공격했다. 때로는 팔꿈치로, 때로는 주먹으로, 때로는 무릎으로, 때로는 등판으로, 때로는 이마로. 상대가 되지 않았다.

"저, 저……."

"뭐 저런……"

보고 있는 용병들조차 당황했다.

저게 도대체 어떻게 된 일인가?

인간인데 오거의 피부조차 베어버린다는 레드 스컬의 무기를 막아내고 있었다. 그냥 맨몸으로 말이다. 그리고 그들을 공격해 들어간 용병들은 그야말로 뼈가 부러지고 근육이 파열되며 피떡이 되어 바닥에 내리꽂히고 있었다.

그래서…….

입을 다물 수 없었다.

이것은 정말 상상조차 할 수 없는 일이었다.

자그마치 제국의 10대 용병단 중에 9위를 차지하는 레드 스컬 용병단이었다.

그것도 잔인하다 못해 극악무도한 자들인 레드 스컬의 용병들이었다. 그런데 그런 그들이 제대로 힘조차 써보지 못하고 무너지고 있었다. 그 모습을 보고 있는 레드 스컬의 단장인 블러드의 눈동자가 잘게 떨렸다.

"병신 같은 새끼들."

"아무래도 그동안 너무 놀았던 것 같습니다."

"그래, 그렇군. 이 기회에 다시 레드 스컬 본래의 모습을 찾아야 하겠지."

"물론입니다."

"죽여!"

"알겠습니다."

레드 스컬 용병들이 추가로 투입되었다.

"새끼들. 안 되겠으니까 추가하는군."

"이쯤해서 우리가 나서야 될 것 같거든요."

"그래야지라. 성님은 계셔도 될 것 같지라."

"어? 어… 음……."

"성님이 나서면 우리가 할 일이 없거든요."

유리와 니콜라이는 제라르를 보며 항의하듯이 입을 열었다. 그에 제라르는 그저 입맛을 다셨다.

"대신 빨리 끝내. 그리고 사정 봐주지 마. 레드 스컬이란 놈들, 별로 질이 안 좋은 놈들이니까."

제라르의 말에 둘은 히죽 웃으며 입을 열었다.

"두 말 하믄 입 아프지라."

"그 말을 기다렸거든요."

말을 마친 둘은 이미 제라르의 곁에 없었다. 이미 사라진 그들을 보며 입맛을 다시던 제라르의 시선은 한곳에서 멈춰 있었다. 바로 강철 해골 용병단의 단장이 있는 곳에서 말이다. 그에 제라르는 말없이 그가 있는 곳으로 걸음을 옮겼다.

"으으으음."

그 순간 강철 해골 용병단의 단장인 아이언은 나직하게 신

음을 흘렸다. 자신에게로 향하는 알 수 없는 압박감. 등줄기
가 서늘해지면서 전신의 근육이 긴장했다. 얼굴에는 어느새
굵은 땀방울이 맺혀 흘러내리기 시작했다.

또옥!

굵은 땀방울이 무게를 이기지 못하고 떨어져 내림에 그의
곁에 있던 자는 무슨 영문인지 몰라 멀뚱하게 그를 바라볼
뿐이었다.

그리고 다가오고 있는 제라르를 보며 깨달을 수 있었다.

'마나를 단장님에게만 집중하고 있다. 그리고 단장님은 그
것을 버텨내고 있는 것이고 말이다.'

하지만 문제는 그것이 아니었다.

바로 마스터에 오른 단장이 그저 버티고만 있다는 것이 문
제였다. 정작 마나를 단장에게 집중한 제라르는 평소의 걸음
걸이처럼 껄렁하기 그지없는 모습일 뿐인데 말이다.

'실력 차……'

확실했다.

그리고 그 실력 차는 상상조차 할 수 없을 정도로 차이가
나고 있었다.

'이제 알겠다. 단장님이 왜 이곳을 드래곤의 레어라고 한 것
인지를.'

그제야 용병은 식은땀을 흘리기 시작했다.

그때 제라르가 그들 앞에 섰다.

"임페리움 용병단의 호위대장 제라르라고 한다."

기세 싸움이었다.

기세 싸움에 존칭 따위는 필요치 않았다. 물론, 이미 그 기세 싸움은 끝나 있었지만 말이다.

"…강철 해골 용병단의 단장 아이언… 이오."

"반갑군."

"반… 갑소."

아이언 용병단장을 바라본 제라르가 슬쩍 미소를 떠올렸다.

'괜찮은 사람이로군.'

일단 아집이 없었다.

실력은 자신의 일점에 집중한 마나를 받아낼 정도였다. 그 것은 바로 마스터라는 점이었다. 나쁘지 않은 사람임은 분명했다. 그에 제라르는 자신의 마나를 풀었다.

"후우욱!"

그제야 답답했던 숨을 크게 내쉬는 아이언 용병단장.

"무섭구려."

"무섭기만 한가? 자격은?"

"용병왕이라고 하는 이의 실력이 어느 정도인지는 몰라도 충분할 것 같소."

"아직 확신하지 못한 것이로군."

"그렇소. 용병에게 있어 가장 중요한 것이 실력이기는 하지만 용병왕이라는 자리는 오로지 실력만으로 가질 수 있는 자리가 아니니까 말이오."

"훌륭하군. 자격이 되겠어."

"무슨 자격 말이오."

"형님을 만날 자격."

"형님이라면……."

"당신이 용병왕이라 부른 이. 내 형님이자 스승 되시는 분."

"그런……."

"따라오라고."

"하지만……."

그러면서 슬쩍 아직도 진행되고 있는 레드 스컬과 열두 명의 전투를 보며 입을 여는 아이언 용병단장. 그에 제라르는 어깨를 으쓱해 보이며 손가락을 튕겼다.

따악!

손가락 튕기는 소리와 함께 임페리움 용병단 내에서 움직임이 보였다. 수인족이 보였고, 엘프와 드워프, 그리고 심지어는 오크까지 모습을 드러냈다.

"쓸어버려."

"그 말을 기다렸다."

지금 이 상황을 이미 예견하고 있었던 것일까? 투입된 이종족 용병들은 전혀 거리낌 없이 레드 스컬 용병단의 용병들을 죽여 나가고 있었다. 비록 수는 그리 많지 않지만 압도적이라 할 만큼 몰아붙이고 있었다.

"어떻게 된 거냐?"

"그, 그게……."

당황한 레드 스컬의 블러드 단장이 경악해 외쳤다. 그에 곁에 있던 용병의 얼굴 역시 흙빛이 되어 이 상황을 이해할 수 없다는 듯이 말을 더듬거렸다. 하지만 그 용병은 약간의 시간을 두고 떠오르는 생각이 있었다.

'아차! 이종족 용병들이 합류했다고 했다. 우리는 전혀 가능성이 없다고 생각해 그저 소문일 뿐이라고 치부했는데……'

그 잠깐의 방심이 지금의 상황을 만들고 있었다.

"후퇴한다."

블러드 단장은 과감하게 투입된 용병들을 버렸다. 아니, 원래 이랬다. 레드 스컬 용병단이라는 특성은 말이다. 동료란 개념이 없다. 죽고 죽이는 그런 관계가 있을 뿐이었다.

"후퇴~"

블러드 단장의 곁에 있던 이가 외쳤다. 그에 싸우고 있던 용병들도 빠르게 후퇴하려 했다. 하나, 전진보다 후퇴가 더 어려운 법. 이종족 용병들은 그들이 후퇴하도록 놔두지 않았다.

"크하하하. 누구 마음대로 후퇴한다는 거냐?"

"후퇴는 없다. 오로지 죽음뿐."

이종족 용병들은 더욱 거세가 레드 스컬 용병들을 몰아붙였다. 그에 레드 스컬 소속 용병들은 빠져 나갈 가망이 없음을 알고 이를 악물고 덤벼들기 시작했다. 어차피 잡혀도 자신들은 살아남기 힘들었다.

왜냐하면 그동안 자신들이 저질러 왔던 패악질을 보면 포로로 잡혀도 맞아 죽기에 딱 좋았기 때문이었다. 그래서 레드 스컬 용병단에 한 번 가입한 용병들은 평생 레드 스컬 용병단을 벗어날 수 없었다.

벗어나는 그 순간 자신들은 용병들과 자신들이 저질렀던 일에 대한 표적이 될 것임을 너무나도 잘 알기 때문이었다. 때문에 그들은 악착같이 미친 듯이 싸운다. 그래서 일반 용병들은 그런 레드 스컬의 용병들과 대적하기를 기피한다.

하지만 지금은 달랐다.

언제나 자신들의 그 광기에 젖은 모습에 기가 질려 슬금슬금 꽁무니를 빼던 용병들은 없었다. 자신들과는 신체적으로 상대도 되지 않을 이종족 용병들이 오히려 자신들보다 더 미친 듯이 광기를 내보이면서 자신들에게 달라붙었다.

도망갈 수 없으니 미친 듯이 싸워야만 했다.

하나, 자신들보다 더 강력한 존재들 앞에서 그들은 그저 가을날 떨어지는 낙엽 신세일 뿐이었다. 거기에다 본대는 상황이 불리해지자 뒤도 돌아보지 않고 후퇴를 선언했다. 그들도 자신들의 세가 불리함을 알고 있다는 것이다.

하지만 그런 본대라 할지라도 더 이상 후퇴할 수 없었다. 그들의 퇴로를 막고 있는 이들이 있었으니 바로 임페리움 용병단의 용병들이었다.

"어딜 그렇게 급하게 가시나?"

비아냥거리는 소리가 들려왔다.

"비켜라!"

"싫은데?"

"죽고 싶나?"

"누가? 내가? 에이~ 설마~"

레스 스컬의 블러드 용병단장의 말을 받는 이는 바로 얀센이었다. 그의 어깨에는 보기에도 섬뜩하고 묵직한 할버드를 턱 올려져 있었고, 그의 표정은 마치 장난하듯 이죽이고 있었다. 그리고 그 모습이 오히려 더 블러드 단장의 신경에 거슬렸다.

"뚫어!"

긴말은 필요 없었다.

뚫고 나가야만 했다.

블러드 단장뿐만 아니라 후퇴하는 모든 레드 스컬 용병단이 알고 있었다.

그러하기에 블러드 단장의 명이 떨어지기 무섭게 그들은 미친 듯이 달려들었다.

하나, 얀센은 서늘한 미소를 떠올리며 서서히 할버드를 어깨에서 떼어 할버드의 끝을 잡고 들어 올렸다.

휘우우우웅!

무겁고 진득한 바람이 불었다. 갑자기 불어오는 바람에 그를 향해 쇄도하던 용병들은 무언가 이상함을 느끼기 시작했다.

'무겁고 텁텁하다.'

'뭐지?'

몸이 무거워졌다.

강철같은 두 다리가 마치 진흙 속에 빠진 듯 허우적거렸다.

그리고

쿠우우우우~

대지가 울기 시작했다.

그들은 부지불식간에 자신이 디디고 있는 바닥을 내려다보았다.

드드드드.

콰아아아악!

대지가 일어섰다.

그리고 수직으로 치켜들었던 얀센의 거대한 할버드가 느릿하게 내려오고 있었다. 할버드가 내려오면 올수록 대지는 더욱더 크게 진동했고, 그러다 그를 향해 쇄도하는 수백의 레드 스컬 용병들을 덮쳤다.

"크아아아악!"

가장 선두에 섰던 몇 명의 용병들이 비명을 지르며 산산조각이 난 채 사라졌다. 그리고 뒤이어 대지가 뾰족하게 치솟아 오르며 용병들을 꿰뚫어 버렸다.

"사, 살려……."

"케헥!"

후두두둑!

살점인지 피인지 혹은 흙더미인지 모를 것들이 마구 뒤엉켜 쏟아져 내렸다. 용병들은 그 모습에 전율할 수밖에 없었다. 단 한 명이었다. 단 한 명이 수백의 용병들을 요리하고 있었다. 그리고 뒤이어 달려드는 임페리움 용병단의 용병들.

'이건… 학살이다.'

'레드 스컬 용병단이 이렇게 허무하게…….'

용병들은 그렇게 생각했다.

하지만 당하는 당사자인 블러드 용병단장은 미친 듯이 심장이 뛰기 시작했다. 전신의 피라는 피는 싸늘하게 식어가는 느낌이었다.

'이, 이건…….'

느낄 수 있었다.

자신이 상대할 수 없는 자라는 것을 말이다.

그리고 그 상대할 수 없는 자의 시선이 바로 자신에게 꽂혀 있다는 것을 말이다.

덜덜덜.

그의 전신이 떨리기 시작했다.

오거 앞의 고블린처럼.

그때 그런 그의 귓가로 속삭이듯 들려오는 목소리.

"세상에 강자는 많다. 지금껏 네놈은 진정한 강자를 만나지 못했을 뿐. 이제 그 강자의 힘을 경험하고 절망을 느껴봐라."

얀센은 이런 종류의 사람을 싫어한다.

실력 조금 있다고 그 실력을 믿고, 혹은 그 실력을 이용해 타인을 핍박하고 그것을 즐기는 부류들을 말이다. 거기에 이들은 귀족에게 빌붙어 귀족보다 더 악질적으로 용병들을 대했던 이들이었으니까.

'그래서 더욱더 용서할 수 없지. 이런 쓰레기는 사라지는 것이 옳다. 형님 말처럼.'

투훅!

얀센은 가볍게 대지를 박차고 올랐다.

그 순간.

블러드 단장은 기이한 감각에 빠져들었다.

마치 자신을 바라보던 시선 속으로 자신이 빨려드는 것 같은 느낌을 말이다.

'이건……'

뜨끔!

갑자기 목에서 따끔한 감각이 느껴졌다.

"허억!"

곁에 있던 용병은 자신도 모르게 헛바람을 일으켰다. 저 멀리에 있던 사람이 어느 순간에 블러드 단장의 등 뒤에 있었으니까 말이다.

주륵!

그리고 이마에서 뜨끈한 무언가 흘러내리는 것을 느꼈다. 자신도 모르게 손바닥으로 이마를 훔친 용병은 더 이상 커질 수 없을 정도로 크게 눈을 뜰 수밖에 없었다.

'피……'

투두두둑!

그리고 동시에 열댓 명의 용병들이 뒤로 쓰러졌다. 그중에는 블러드 용병단장도 포함되어 있었다.

단 한 번의 출수.

그 출수로 수백의 용병들이 죽음을 맞이했다.

그 속에는 블러드 용병단장도 포함되어 있었다.

"꾸… 울꺽!"

어느새 전장은 조용하기 그지없었다. 바늘 떨어지는 소리가 들려올 정도로 말이다.

일순간 시간이 정지된 것 같았다. 그럴 수밖에 없는 것이 언제 이런 광경을 목도할 수 있겠는가? 단 한 번도 이런 광경은 볼 수 없었을 것이다.

그 굉렬한 현상을 눈앞에서 보았으니 어쩌면 당연한 일일 것이다. 그것은 이종족 용병들도 마찬가지였다. 그가 강하다는 것은 알았다. 하지만 이정도일 줄은 꿈에도 몰랐다.

"역시……."

꾸욱!

그들은 자신의 애병을 꽉 움켜쥐었다.

목표가 생긴 것이었다.

단장은 너무나도 거대한 벽.

그보다 낮추니 또 다른 벽이 있었으나 그 벽은 가능할 듯싶었다.

"가자!"

"우어어어~"

임페리움 용병단이 다시 움직였다.

그리고 레드 스컬 용병들은 힘없이 죽음을 맞이할 수밖에 없었다.

단 한 명의 레드 스컬 용병들도 살아남을 수 없었다. 그에 몇몇의 용병들은 눈살을 찌푸릴 수박에 없었다.

"잔인하군."

"잔인?"

눈살을 찌푸린 용병의 말에 반문하는 한 용병.

"그럼 아닌가?"

"자네… 저들이 용병들을, 마을을, 사람을 죽이는 것을 봤나?"

"그건……."

"안 봤으면 말을 하지 마라. 저건 너무 편안한 안식이다."

"맞아. 저놈들은 저렇게 죽으면 안 되는 놈들이야."

"아무리 그래도……."

"헛소리하지 마라. 네 눈앞에서 가족이 죽어가는 것을 보지 않는 한은 말이다."

"……."

그에 눈살을 찌푸린 용병은 더 이상 입을 열 수 없었다. 무슨 말을 해도 이들을 설득할 수 없다는 것을 느낀 것이다. 그 와중에 어떤 용병은 죽은 레드 스컬 용병들이 널브러진 속으로 걸어 들어가 한 명 한 명 얼굴을 확인하고 죽은 이를 몇 번이고 자신이 가지고 있는 무기로 내려치기도 했다.

"저건……."

"내가 저 사람을 알지."

"그게 무슨."

"저자는 귀족보다, 몬스터보다, 레드 스컬의 용병들을 더 적대시한다. 불구대천의 원수니까."

"자신이 보는 앞에서 가족이 레드 스컬에게 죽었다. 부인과 딸은 강간당하고, 아들은 사지가 하나씩 잘려 나갔으며, 그 자신도 배가 갈라져 죽음 직전에 몰렸으니까."

"그걸 어떻게?"

그러자 곁에 있던 용병은 꼭꼭 싸매고 있던 자신의 상의를 벗어던졌다. 상의를 벗어젖힌 용병의 상체는 그야말로 누더기라 해도 과언이 아닐 정도로 빼곡하게 상처로 가득 차 있었다. 일견하기에도 치명상에 가까운 상처가 몇 군데 있을 정도로 말이다.

"저놈들의 장난감이 된 내 몸이다."

"그게 무슨……."

"저놈들에게 사람을 죽이는 것은 일종의 놀이였을 뿐이다. 나는 그 놀이의 장난감이었고."

"그런……."

"이것이 바로 레드 스컬의 실체다. 이제 알겠나? 저들의 죽음이 너무 편안한 죽음이라는 것을?"

"죄… 송합니다."

"소문은 그들을 제대로 표현하지 못했다. 오히려 그들의 잔인성을 과소평가했지. 마음 같아서는 나도 저 시체를 죽이는 이들과 함께하고 싶다."

"그런데 왜?"

"용기가 없어서다. 시체를 죽일 용기가 없어서. 그리고 나보다 더 한 사람들에게 양보하는 거지."

어떻게 보면 변명과도 같은 말이었다. 하지만 용병은 그 말속에 숨어있는 진심을 읽어낼 수 있었다. 지금과 같은 상황에서 굳이 거짓말을 할 필요는 없을 테니까 말이다.

"그건 그렇고 임페리움 용병단은 정말……."

"난 그들을 지지한다. 소속되지는 못할지라도 말이지."

"글쎄요. 스스로 용병왕이라 자처했다면 굳이 임페리움 용병단에 소속될 필요가 있을까요? 용병왕이라면 용병들을 대표하는 자, 어느 한 용병단에 소속될 필요는 없다고 봅니다."

"그건 모를 일이지."

"그게 무슨……."

"귀족들이 가만히 있을 것이라고 생각하나? 에퀘스의 성역은? 바벨의 탑은?"

"그건……."

용병은 깨달을 수 있었다.

용병왕이라는 것이 선포한다고 해서 완성되는 것이 아니라는 것을 말이다. 대륙의 역사와 함께하는 용병이 왜 용병들만의 조직을 만들 수 없는지에 대해서 말이다. 물론, 이미 알고 있지만 떠올리지 않고 깊숙하게 묻어두었던 기억을 되살리게 만든 것뿐이지만.

어쨌든 이제부터 시작이라는 것을 알게 되었다.

그리고 웅성거리던 용병들 한 사람, 두 사람씩 나서더니 죽은 레드 스컬의 용병들을 처리하기 시작했다. 무기를 거두고 방어구와 소지품을 챙겼다. 죽은 자는 죽은 자이고 산 자는 살아야 하니까.

이곳에서 레드 스컬 용병으로서 죽었다고 해서 이들의 죄가 사라지는 것은 아니었다. 오히려 그들의 시체에 침을 뱉은 자들이 다반사였다. 잘 죽었다는 듯이 크게 웃는 이들도 있었다. 그들은 기쁜 마음으로 시체의 모든 것을 강탈했다.

아니 강탈이 아닐 것이다.

주인은 이미 죽었으니까.

그냥 바닥에 떨어진 것을 자신의 것으로 만든 것뿐이었다. 그렇게 소란스러운 시간이 지나가고 있었다. 하지만 그들과는 달리 무거운 분위기를 가진 곳이 있었다. 바로 강철 해골 용병단의 단장인 아이언과 만나는 아론이 있는 곳이 바로 그랬다.

"누군가 했더니 너무 젊군."

아론을 본 아이언 단장의 첫 마디였다.

"글쎄, 보이는 것이 전부는 아니지."

아론의 말에 그 진의를 찾아내려는 듯이 그를 빤히 바라보는 아이언 단장. 스스로 용병왕이라고 한 만큼 어느 정도 실력을 가진 자일 것이다. 그런데 지금 자신의 눈앞에 있는 자는 그저 지극히 평범해 보일 뿐이었다.

"단도직입적으로 묻지."

"살살……."

말도 안 되는 유머에 아이언 단장은 피식 웃어버렸다.

"자신 있나?"

"자신 없었으면 나서지도 않았다."

"그만한 실력이 된다는 것인가?"

"실력만으로 될까?"

"가장 최우선인 것이니까."

"그것도 그렇군. 그러면 그 실력을 어떻게 증명해야 하나?"

"나를 이겨라."

"흐음. 그러면?"

"용병왕으로 인정하지."

"겨우 그 하나로?"

"스스로 용병왕이라고 칭할 정도의 담대함과 용병들을 견제하는 세력의 견제를 견뎌내는 능력. 그리고 한 지역을 거점으로 삼을 정도의 용병단을 키워낼 정도면 그 자격은 충분하다 할 수 있소."

"흐음."

아론은 눈을 가늘게 뜨며 아이언을 바라봤다. 그에 아이언은 앞으로 숙였던 상체를 뒤로 쭈욱 펴며 입을 열었다.

"기다리고 있었소."

"기다리고 있었다?"

"용병왕이 나오기를 말이오."

"그런데 나와서 앞뒤 안 재고 바로 고개를 숙인다?"

"고개를 숙이는 것은 아니오. 인정하는 것이지, 용병왕으로서."

"뭐가 다르지?"

"나는 용병왕이라는 말이 흘러나올 때부터 이곳에 있었소."

"음."

아이언의 말에 아론은 무겁게 고개를 끄덕였다. 보고받은 적 있으니까. 처음부터 있었으나 어떤 행동을 취하지 않는 자가 있다고. 그리고 그자가 바로 강철 해골 용병단의 단장이라고 말이다.

"그동안 지켜본 결과라는 것인가?"

"적어도 외형적으로는 완벽하게 내가 생각하는 용병왕에 부합하고 있소."

"그럼 내부적인 것을 알아볼 차례였군."

"그렇소."

"그 첫 번째가 나와의 대결이겠고?"

"그렇소."

"좋아. 당신에 대한 보고는 이미 받았지. 드물게 강직하다는 평을 받고 있더군. 부하들의 신뢰도 상당하고 말이지. 나로서는 당신과 같은 사람이 도와준다면 더할 나위 없이 좋은 일이지."

"하지만 모두 나와 같지는 않을 것이오."

"물론, 그렇겠지. 난 오히려 당신과 같은 사람이 있다는 것이 더 이상해."

"……"

아론의 말에 빤히 그를 바라보는 아이언. 그는 이미 모든 것을 염두에 두고 있었던 것이다. 사실 용병왕이라는 자와 만나서 이런 말을 할 줄은 몰랐다. 대체적으로 스스로 용병왕이라고 칭하는 자는 독단적인 면이 많을 것이라고 생각했기 때문이었다.

"의외인가보군."

"솔직히 그렇소."

"살짝 의심도 들 것이고."

"그렇소."

"그럼 지켜봐. 어떻게 하나."

"그럴 작정이오."

"다행이로군. 그럼 가지."

"지금 말이오?"

"소뿔도 단김에 빼랬다고, 바로 하지. 어려울 것도 없는데."

"좋소."

오히려 원하는 바였다.

둘은 곧바로 연무장으로 향했다.

그리고 마주한 둘.

"전력을 다해야 할 거야."

아론의 말에 눈썹을 꿈틀거리는 아이언. 그는 조용히 아론을 바라보았다. 허허롭기 그지없었다. 무기도 들지 않은 채 뒷짐을 지고 있음에도 불구하고 허점이 전혀 보이지 않았다. 아니, 모든 곳이 허점처럼 보였다.

'허어~'

아이언은 말없이 그를 바라볼 뿐이었다.

아무런 행동도 하지 않고 느긋하게 있었지만 자신에게 전해지는 압박이 서서히 증가하고 있었다. 그에 그는 자신도 모르게 검과 방패를 움켜잡았다. 단지 기세일 뿐이었다. 그러함에도 불구하고 자신의 전신은 긴장을 하고 있는 것이었다.

'이런.'

그는 당황했다.

마치 거대한 산을 보는 것 같았다.

자신의 존재가 한없이 나약하고 작아지고 있었다.

꾸울꺽!

자신도 모르게 마른침을 삼켰다. 그때 아이언의 시선과 아론의 시선이 부딪혔다.

'절대자!'

그랬다.

그의 눈에 보이는 아론의 시선은 바로 절대자의 눈이었다. 만약 드래곤이라는 존재가 살아 있다면 지금과 같은 절대자의 눈을 가졌을지도 몰랐다.

'상대할 수 없다. 하나!'

물러서기 싫었다.

마스터에 오른 이후 단 한 번도 전력을 다해 수련을 해본 적이 없었다. 동수의 다른 10대 용병단의 단장들을 만나도 마찬가지였다. 왜냐하면 같은 마스터로서 전력을 다한다면 반드시 죽거나 그에 비등한 상처를 입을 것이 분명하기 때문이었다.

하지만 지금 눈앞에 있는 아론이라는 자는 전력을 다해도 될 것 같았다. 그렇다고 해도 그의 털끝 하나 건드리지 못할 것 같다는 느낌마저 들었다. 판단을 내린 그는 비스듬하게 서며 방패를 내밀고 검을 방패 뒤로 숨겼다.

"좋군."

신중한 아이언의 모습을 보고 아론은 고개를 끄덕였다. 그가 본 아이언의 모습을 실전적이기 그지없었다. 그러면서도 군더더기 없이 깔끔했다. 물론, 아직 고쳐야 할 부분은 있지만 마스터에 이른 자에 있어서 그런 군더더기조차도 실력으로 간주될 수밖에 없었다.

마스터는 그런 존재였으니까.

하지만 자세를 잡았음에도 불구하고 아이언은 쉽게 공격해 들어가지 못했다. 너무 많은 틈. 그러하기에 어디로 공격해 들어가야 할지 몰라 망설이고 있었다. 그에 아론의 발이 슬쩍 움직였다.

스윽!

'없다.'

순간 온통 허점 투성이었던 아론의 자세가 완벽한 공방의 자세로 돌아갔다.

스윽!

다시 한 걸음.

이제는 완전하게 개방되어 버린다.

다시 한 걸음.

허점이 없다.

그래서 움직일 수 없었다.

다시 한 걸음.

온통 허점.

그러나 움직일 수 없다. 자신이 가장 선호하는 허점을 찌르고 들어가는 그 순간 자신도 모르게 발생하는 자신의 허점이 노출되어 버릴 것 같았다. 입안이 바짝 타올랐다. 침이 말라 가뭄 든 논바닥처럼 혓바닥이 쩍쩍 갈라지는 것 같았다.

입안에 침이 마르고 목까지 말라 침을 삼킬 수조차 없었다. 아이언은 그저 바라볼 뿐이었다.

또옥!

그때 그의 이마에서 발생한 굵은 땀방울이 턱까지 흘러내려 무게를 이기지 못하고 떨어졌다. 그 순간 아론의 손끝이 아이언의 목젖을 지그시 누르고 있었다.

그에 아이언은 눈을 부릅떴다.

'도대체 언제?'

분명 아론의 신형은 눈을 깜빡하기 전까지 10여 미터 거리에 있었다. 아니 눈조차 깜빡이지 않고 있었다. 그런데 도대체 언제 자신의 눈앞까지 다가와 손끝으로 자신의 목젖을 겨눈다는 말인가?

"게으른 것 중 사람의 눈만큼 게으른 게 없지."

"…그……."

게 무슨 말이냐고 묻는 것일 게다.

"당신의 감각은 이미 나의 공격을 받아들일 준비를 하고 있었지. 하지만 눈은 게을러서 아직도 시간이 있음을 항변하지. 아직 멀었어. 그러니 조금 늦어도 상관없어."

"……."

여전히 무슨 말인지 모르겠다는 듯한 표정을 지어보이는 아이언.

그에 아론은 목젖을 누르고 있는 손끝을 치웠다. 그 순간 아론은 어느새 10여 미터 거리를 두고 대치하고 있었다. 믿을 수 없었다. 공간을 자유자재로 이동할 수 있다니. 도대체 어느 정도의 실력이 되어야 공간을 마음대로 주무를 수 있을까?

아론은 비스듬하게 몸을 세우고 한 손은 뒷짐 진 채 한 손을 내밀어 손을 칼처럼 만들었다.

"막아봐!"

그에 아이언은 집중했다.

막을 수 있다고 스스로 다짐하면서.

순간 아론의 신형이 움직였다.

'지금.'

이라고 생각하며 방패를 들어 올렸다.

하지만.

턱!

어느새 아론의 칼처럼 만들어진 손끝이 아이언의 목젖에

닿아 있었다.

"……."

아이언은 말없이 자신의 목젖에 닿아 있는 아론의 팔을 바라봤다.

"뭐가 문제일까?"

꿀꺽!

아론의 물음에 대답할 수 없었다. 그에 아론은 슬쩍 입술 꼬리를 말아 올리며 입을 열었다.

"마스터가 되면 육체가 변하지. 검과 방패를 다룰 수 있는 최적의 조건으로 말이지. 하지만 그때부터 마스터들은 등한시하는 것이 있지."

"무슨?"

"기본."

"기본?"

"그래. 완벽해졌으니 자신의 신체를 자신이 마음대로 할 수 있다고 생각해서 기본을 버리지. 오로지 마나만 사용하지."

"그야 당연히……."

"하지만 물어보지. 정말 마스터에 올라서 자신의 신체 모두를 자신의 마음대로 다룰 수 있다고 생각하나?"

"그렇……."

아이언은 그렇다고 말을 하려다 멈췄다. 방금 전을 생각해

봤다. 자신은 전혀 움직이지 못했다. 마법이 아닌 이상 사람이 움직이는데 시간이 분명히 필요하다. 그런데 자신은 전혀 자신의 몸을 통제할 수 없었다.

"기본을 등한시했어."

"기본……."

아론의 말에 아이언은 같은 말을 되뇌었다.

맞다.

언제나 수련을 한다.

하지만 그 수련이 기본에 치중되지 않는다. 그냥 아주 기본적인 준비에 지나지 않는다. 자신의 깨달음을 더욱더 단련시키고 발전시키기에 바빴다.

'기본을… 잊었군.'

결론은 자신은 마스터임에도 불구하고 자신의 몸을 자신이 통제하지 못한 것이었다.

"알겠나?"

"……."

하지만 아이언은 대답하지 못했다.

'기본'이라는 화두를 잡고 그 심상 속으로 빠져들었기 때문이었다. 그에 아론은 가볍게 혀를 차며 물러났다.

"나 원 참. 개나 소나 다 깨달음이냐."

원래 이럴 생각은 없었다. 그리고 깨달음이라는 것이 그리 간단한 것도 아니고 말이다. 그런데 어떻게 된 것이 자신의 주변에 있는 놈들은 그냥 쓸데없는 소리 몇 마디 찍찍 갈겨주면 알아서 깨닫는다.

그래서 가끔은 질투가 났다.

그렇다고 내색할 수도 없고 말이다.

어쨌든 아론은 입맛을 쩝 다시며 연무장을 벗어났다. 물론, 벗어나면서 주변에 누구도 접근하지 못하도록 주의를 준 것은 잊지 않았다.

"고맙습니다."

아이언의 곁에 붙어 있던 용병이 고개를 숙였다.

"뭐 고맙기까지야……."

"가르침 자체가 비인부전이라는 것을 알고 있습니다."

"아 뭐……."

처음과 달리 깍듯해진 용병들이었다. 그들은 이미 아론의 대범한 모습에 홀딱 넘어간 상태였다. 그 누가 있어 처음 본 자에게 깨달음을 줄 수 있단 말인가? 용병이라 해도 그것은 절대 불가능했다.

그럼에도 불구하고 너무나도 간단하게 깨달음을 주는 아론이었으니, 이런 사람이라면 자신들을 충분히 이끌어 나갈 수 있지 않을까 하는 생각을 할 수밖에 없었다. 실제 아론의 속마음은 모른 채 말이다.

어쨌든 아론은 제국의 10대 용병단 중 하나를 흡수하고 하나를 개박살 내게 되었다. 그리고 그 소문은 그야말로 바람처럼 퍼져 나가기 시작했다.

# CHAPTER 5

## 견제 Ⅱ

"몬스터의 동향이 이상합니다."

"몬스터? 웨이브 기간이 조금 남은 것 같은데?"

"맞습니다."

"그런데도 이상하다는 것은?"

"뭔가 조직적인 움직임입니다."

"조직적?"

"그… 렇습니다."

묻는 자와 대답하는 자.

잠깐의 침묵이 흘렀다.

"계속해 봐."

"하나로 통합된 듯 보입니다."

"통합? 몬스터가? 누구에게?"

"그것이……."

보고하는 자는 진땀을 흘리며 말을 흐렸다. 확실하지 않다
는 것이었다.

"어떻게 파악된 건가?"

"각 방면의 변경백으로부터 올라온 보고입니다."

"신뢰도는?"

"아직은 첩보에 가깝습니다."

"그런데 보고를 하는 이유는?"

"첩보의 내용이 누군가에 의해 조종되어 조직적인 움직임
을 보인다는 것 때문입니다."

"조직적이라……."

생각에 잠기는 자.

긴장한 채 말없이 생각에 잠긴 상급자를 바라보는 보고자.

"흐음. 일단 더 두고 봐야 할 것 같군. 아직 확신이 없으니."

"알겠습니다. 그리고……."

다음 보고가 이어지고 있었다.

"용병왕이 나타났습니다."

"용병왕?"

몬스터에 대한 보고 때와는 달리 날카롭게 묻는 상급자였다.

"그렇습니다."

"미친놈인가 보군. 어떤 놈이지?"

"성명 아론. 나이 47. 신장 183. 무기 양손대검. 경력 열두 살부터 용병을 시작했고, 불과 5년 전까지 북부 용병 군단의 조장이었습니다."

"5년 전?"

"그렇습니다."

"그게 가능한가? 평생을 조장을 했던 자가 갑자기 용병이 돼? 그것도 5년 만에?"

"현재까지의 조사로는 그렇습니다."

"말이 된다고 생각하나?"

"……"

상급자의 물음에 섣불리 답을 할 수 없었다. 자신조차도 믿을 수 없었으니까 어쩌면 당연한 것일 게다.

"뒤에 세력이 있나?"

"지금 현재로서는 플람베르 가문과 상당한 친분을 가지고 있다는 것밖에는……."

"언제부터 제국의 정보부가 이렇게 한심해졌는지 모르겠군."

"죄송합니다."

"알아내, 사돈에 팔촌까지. 이빨이 몇 개고 하루에 몇 번 포크질 하는지까지 모두 알아내. 그리고 제거반 보내."

"알겠습니다."

명령을 받고 뒤돌아서는 하급자의 등을 보고 상급자는 날카롭게 으르렁거렸다.

"다음부터 이런 불확실한 정보는 허용치 않을 것이야."

"명심… 하겠습니다."

그렇게 제국의 정보부가 움직였다.

하지만 용병왕을 노린 자는 그들만이 아니었다.

"별 거지 같은 놈이 용병왕이라고. 나원참."

"그러게 말입니다."

"어쨌든 싹수부터 잘라야겠지요."

"물론입니다."

"플랑드르라는 지역을 피로 물들이는 한이 있더라도 본보기를 보여야 합니다."

여기저기서 분노성이 터져 나왔다. 그들은 마음에 들지 않은 것이었다.

"자자. 진정! 진정들 하고……."

그때 누군가 시장통 같던 장내의 분위기를 전환했다. 그에 이곳에 참석한 이들은 모두 입을 닫고 자신들을 진정시킨 자가 있는 곳을 향해 시선을 돌렸다.

이곳에 모여 있는 자들.

그들은 바로 제이니스 제국의 근간이라 일컬어지는 자들로 바로 귀족들이었다.

그 중심에는 현재 귀족파의 수장인 제2 공작인 라이언 베나비데스 공작이 있었다. 보통의 일에는 꼼짝도 하지 않는 베나비데스 공작이 모습을 드러낸 것으로 보아 이들이 얼마나 용병왕이라는 말에 촉각을 곤두세우고 있는지 여실히 보여주는 것이라 하겠다.

귀족들의 시선이 자신에게로 향한 것을 인지한 베나비데스 공작은 자신의 옆에 있는 이에게 작게 고개를 끄덕였다. 그에 그의 옆에 냉담한 표정을 짓고 있던 귀족이 살짝 베나비데스 공작에게 예를 취한 후 귀족들에게 시선을 돌려 입을 열었다.

"언더우드의 브론슨 백작입니다."

그의 말에 모든 귀족들은 그를 주시하기 시작했다. 귀족파의 구심점이자 수장이 황실 마탑주인 라이언 베나비데스 제2 공작이라고 하면 모든 실무와 전략을 입안하여 행동 지침을 만들어내는 자가 바로 언더우드의 챨스 브론슨 백작이라 할 수 있었다.

때문에 여기 참석한 모든 귀족들은 그의 등장만으로도 모든 것이 끝났다는 듯한 표정을 지어보였다. 지금가지 그가 나

서서 해결되지 않은 일이 없었으니 어쩌면 당연한 일이라.

"불과 20년 전 용병왕의 자리를 노리던 용병을 제거했습니다. 하나, 그것으로는 약했는가 봅니다."

그러면서 귀족들을 향해 고개를 숙여보였다. 귀족들은 브론슨 백작의 사죄를 당연하다는 듯이 받아들였다. 일벌백계라는 말이 있다. 벌을 하려면 확실하게 벌을 줘야만 한다. 두 번 다시는 고개를 쳐들 수 없을 정도로 말이다.

그런데 그때는 너무 미온적으로 대했다. 알려지지 않게 처리했다는 말이었다. 하려면 세상 사람들이 모두 알 정도로 확실하게 해야 했다. 그래서 두 번 다시는 기어오르지 못하게. 두 번 다시는 용병왕이라는 말을 입에 담지 못하게 말이다.

"그래서 이번에는 확실하게 처리하려고 합니다."

"어떻게 말이오."

"임페리움 용병단 중 단 한 명도 살아남을 수 없을 겁니다."

"겨우 그 정도로 되겠소? 배우지 못한 것들이라 시간이 지나면 다시 교훈을 잊고 이를 드러낼 터인데 말이오."

"하면, 어찌해야 하겠습니까?"

"플랑드르를 지옥으로 만들어야지요."

"플랑드르를 말입니까? 그곳은 플람베르 가문의 영역입니다."

"그것이 무슨 상관이오? 용병왕이라면 플람베르 가문 역시 쉽게 협조할 터인데 말이오."

"하지만 중요한 것은 플랑드르가 그들의 영역이라는 점이고, 또한 플랑드르는 중요한 자원의 보고라는 점입니다."

"그건……."

브론슨 백작의 말에 할 말을 잃고 말을 흐리는 노회한 귀족, 그도 알고 있었다. 그리고 플람베르 가문이 에퀘스의 성역 중에 2좌에 올라 있다는 것을 말이다. 아무리 그들이 작위를 가지고 있지 않다고는 하지만 절대 그들의 말을 무시할 수 없다는 것도 말이다.

"해서 어찌하겠다는 말이오."

"아무래도 플람베르 가문을 다독일 필요가 있지 않겠습니까?"

"하나……."

"물론, 그들을 다독이기 위해서는 무언가 내줘야만 하겠지요."

"크흠."

무언가를 내줘야 한다는 말에 다들 나직하게 헛기침을 하는 귀족들이었다. 대가 없는 협상은 있을 수 없는 일이니까 말이다. 플람베르 가문이라면 더욱더 문제였고.

"대가라… 하면, 백작은 대가로 무엇을 지불할 생각이오?"

"이제부터 의논해야 하지 않겠습니까?"

슬쩍 입꼬리를 말아 올리며 답을 하는 브론슨 백작.

"쯧. 애타게 하지 말고 바로 말해주시오."

"알겠습니다. 정 그러시다면야……."

그러면서 자신의 앞에 놓인 컵을 들어 목을 축이는 브론슨 백작. 의도적인 것이었다. 모든 시선을 자신에게로 향하게 하기 위해서 말이다.

"최근 플람베르 가문은 칼뤼베우스 가문과의 관계가 좋지 않습니다."

"이미 끝난 일 아니오. 플람베르 가문의 가주의 병이 완쾌됨과 동시에 말이오. 더불어 가문의 탕아가 돌아와 소가주로서의 역할을 착실하게 해내고 있으니 오히려 그 일이 있기 전보다 플람베르 가문은 더욱 탄탄해졌다고 해도 과언이 아니잖소."

"물론, 그렇습니다. 하지만 모든 일이란 외부에 드러나지 않은 관계가 있고, 주변과의 역학관계가 존재하게 마련이지요."

"그럼?"

브론슨 백작의 말에 무언가를 깨달은 귀족이 반문했다.

"결론적으로 모든 에퀘스의 성역에 있는 가문이 결코 플람베르 가문의 승승장구를 탐탁하게 여기지 않는다는 것입니다. 심지어 1좌에 있는 굴카마스 가문조차도 말입니다."

"흐음……."

브론슨 백작의 말에 귀족들은 생각에 잠겼다. 도대체 브론슨 백작이 말한 대가라는 것이 무엇인지 감조차 잡을 수 없어서 말이다. 도대체 어떤 대가를 치르기 위해서 저리도 뜸을 들이는지 모를 일이었다.

"답답하구려. 그냥 속 시원하게 답해주시오."

"알겠습니다. 플랑드르가 플람베르 가문의 영역이기에 칼뤼베우스 가문은 플랑드르가 눈엣가시 같은 지역 혹은 턱밑에 비수와 같은 지역일 것입니다."

"그야 당연히……."

"그래서 그들은 플랑드르를 호시탐탐 노리고 있습니다. 그리고 저희들의 눈에 그들의 움직임이 잡혔고 말입니다."

"그 말인즉슨 정보를 흘린다는 말이오?"

"그것으로 되겠소?"

"물론, 안 됩니다. 중요한 것은 칼뤼베이우스 가문만이 아니라는 점이지요."

"하면?"

"굴카마스 가문과 마테리아 가문이 알게 모르게 연관되어 있습니다."

"그렇다면……."

"하나의 가문이라면 모를까, 세 가문이 연합했다면 플람베르 가문 역시 버티기 어려울 것입니다."

"그런데 그것을 어떻게……."

"우리의 힘을 빌려주는 것이지요."

"힘을 빌려준다?"

"그들이 우리의 힘을 받아들이겠소?"

"대신 플랑드르를 내놓으라고 하면 될 겁니다. 가문의 명운보다 플랑드르를 내놓는 것이 훨씬 이득이니 말입니다."

"하지만 듣지 않는다면?"

"그렇다면야 제국군을 움직일 수밖에 없지 않겠습니까? 황제 폐하가 있고, 공왕 전하도 있고, 공작 각하께서 계신데 일개 용병 나부랭이가 감히 칭왕을 했으니 이는 반역이지 않겠습니까?"

브론슨 백작의 말에 귀족들이 새하얀 이를 드러내며 웃었다. 그 스스로가 협상이라고 말을 하긴 했지만 이것은 주변의 상황을 교묘하게 이용한 술수일 뿐이었다. 골수에 선민사상이 박혀 있는 귀족들의 입장에서는 에퀘스의 영역이니 바벨의 탑이니 하는 것들은 단순한 눈엣가시와 같은 존재들임에 분명했다.

거기에 플람베르 가문을 노리는 가문 중에 1좌인 굴카마스 가문까지 있다고 하니 더욱더 좋았다. 이렇게 에퀘스의 성역 권좌들의 힘을 소모시킨다면 언젠가는 뻣뻣한 그들 역시 자신들에게 무릎을 꿇을 것이 분명했기 때문이었다.

그와 더불어 그들은 역시 천한 용병 놈들도 처리할 수 있었다. 그들의 입장에서 용병은 그저 비천하기 그지없는 존재일 뿐이었다. 실력도 없는 놈들이, 죄를 짓고 도망 다니거나 혹은 멸문한 귀족들이 흘러 들어가는 썩은 물과 같은 곳이 바로 용병들의 세계였다.

그런 그놈들이 머릿수만 믿고 자신들의 권익을 주장하는 것을 보면 이가 갈리고 치가 떨려왔다. 물론, 그런 놈들이기에 자신들이 나서지 못하는 일을 처리하게 하기에는 충분했다. 하지만 그런 더러운 일을 처리하는 종자들은 그들 말고도 많았다.

그리고 개는 개다워야 했다.

주인을 무는 것은 절대 용납할 수 없는 일임에 분명했다.

"역시……."

모두 감탄한 듯 브론슨 백작을 바라봤다. 이것이야말로 일석이조의 일이 아니겠는가? 아니, 이건 일석이조뿐만 아니라 일석삼조가 될 수도 있었다. 그렇게만 된다면 황제파보다 더한 권력을 손에 쥘 수 있으니 말이다.

"찬성하는 자는 손을 들게."

지금까지 관망하던 베나비데스 제2 공작이 나직하고 육중하게 입을 열었다.

그에 모든 귀족들이 손을 들어 올렸다.

"만장일치로 언더우드의 챨스 브론슨 백작의 계획을 실행에 옮기도록 하겠네."

또 하나의 음모가 완성되었다.


칠흑같이 어두운 밤.

그 어둠을 뚫고 일단의 무리들이 빠르게 이동하고 있었다.

그들은 이 칠흑과도 같은 어둠이 이동하는데 전혀 방해가 되지 않는지 전혀 거리낌 없이 움직이고 있었고, 일체의 소음조차 내지 않았다. 마치 어둠 속에서 움직일 수 있도록 오랜 시간 훈련받은 이들처럼 말이다.

그들은 이미 이곳의 지리를 숙지하고 있다는 듯이 능숙하게 건물을 뛰어넘고, 사람들을 피해가며 상당한 규모를 자랑하는 한 건물이 있는 곳으로 움직여 나갔다. 건물을 지키고 있는 용병들은 많았으나 그 누구도 그들의 움직임을 알아챈 용병들은 없었다.

그들이 어둠 속으로 스며들어 많고 많은 건물 중 중앙 건물로 향해 그 모습이 사라질 때쯤 몇 명의 인물이 어둠 속에서 모습을 드러냈다.

"아따~ 새끼들 떼거지로 왔구만."

"작정을 한 모양이로군."

"그러게 말이우. 지금까지 들어간 놈들을 보면 대략 50여

명인데……."

"아마도 형님을 먼저 베고 후속으로 제국군을 보내겠지."

"형님이 죽었다는 소식이 없으면?"

"아마 계속 보내겠지."

"거참……."

"하지만 저들은 곧 깨닫게 될 것이야."

"물론 그렇겠지만, 이렇게 지켜만 보려니 영……."

"이번 한 번만이겠지. 우리도 슬슬 준비를 해야 하겠지."

"그래서 참고 있는 거유."

"그건 그렇고 모두 비워뒀겠지?"

"두 말하면 입 아프지 않겠수?"

"돌아가자."

"그럽시다."

어둠 속에 나타나 대화를 나누던 두 명.

그들은 다름 아닌 제라르와 얀센이었다. 그들의 대화를 들어 보건데 그들은 이미 지금의 상황을 알고 있었고, 철저히 대비하고 있는 것 같았다. 그리고 온통 검은색 천으로 전신을 둘둘 싸맨 그들은 전혀 그 사실을 모르고 있었고 말이다.

그것을 모르는 흑의 복면인들은 조심스럽게 가장 큰 건물에 진입하고 있었다.

멈칫!

그러다 가장 선두에 선 복면인이 잠시 멈칫거렸다.

'너무 허술하다.'

그랬다.

너무 허술했다.

이곳이 용병왕의 거처가 맞는다면 결코 이래서는 안 되는 것이었다. 용병왕은 용병들의 구심점이자 용병들의 바라고 바라는 존재였다. 그런데 아무리 타 용병들이 부른 용병왕이 아닌 스스로 용병왕의 자리에 오른 자라 할지라도 이렇게 허술할 수는 없는 법이었다.

때문에 뭔가 이상함을 느낀 선두의 복면인이 멈춰 선 것이었다. 그때 누군가 선두의 복면인 곁에 섰다.

'무슨 일인가?'

수화로 묻는다.

'이상합니다.'

역시 수화로 답한다.

'무슨?'

'너무 조용합니다. 그리고 너무 쉽습니다.'

'용병들이다.'

그 말의 의미는 용병들이 대체 무얼 알겠느냐는 것이다. 그들이 견제가 있을 것이라는 것을 어떻게 알 것이며 자신들이 용병왕의 목을 가져가기 위해 투입되었을 것이라는 것을 어찌 알 것인가 하는 의미를 내포하고 있었다.

'하지만……'

'움직인다.'

'…알겠습니다.'

결국 움직일 수밖에 없었다.

그들은 조심스럽게 움직였다. 하지만 여전히 허술한 경계였다. 번을 서는 용병들은 아무렇게나 주저앉아서 음담패설에 열중했고, 어떤 용병은 가지고 있는 무기에 기대 잠까지 자고 있었다.

그 모습에 선두에서 길잡이 역할을 하고 있던 복면인은 작은 한숨을 내쉬었다. 약간의 의심이 풀어진 것이었다.

'역시 용병은 용병이라는 것인가?'

선두의 복면인은 작게 고개를 끄덕였다. 그리고 그들은 마침내 자신들이 작전을 펼칠 지점까지 완벽하게 스며들었다. 그들의 주목표는 분명 용병왕이었다. 하지만 용병왕만 제거하는 것은 아니었다.

용병왕을 제거하고 그의 측근들을 제거하는 것으로 용병들의 구심점을 없애야만 했다. 이들이 하달받은 명령은 거기까지였다. 그 이상도 이하도 아니다. 다른 용병들은 필요 없었다. 용병왕과 용병왕의 측근만이 필요할 뿐이었다.

그에 복면인들이 갈라졌다. 그리고 자신들의 목표물이 있는 곳으로 움직이기 시작했다. 여전히 용병왕이 머물고 있는 건물은 조용하다 못 해 적막하기 그지없었다. 그 와중에 복면인 중 가장 뛰어난 열 명이 움직여 이미 파악해 둔 용병왕의 침실에 들었다.

역시 스스로 용병왕의 자리에 오른 자이기 때문일까? 용병왕의 침실은 상당히 넓었다. 그러나 넓기만 했다. 책장도 사무용 집기도 없었다. 그저 단촐한 나무 침대 하나가 고작이었다. 너무 장식이 없어서 이곳이 정말 용병왕의 침실이 맞는가 싶을 정도였다.

하지만 그런 상념은 이내 지우고 그들은 서로를 보며 고개를 끄덕인 후 움직이기 시작했다. 두 명은 문 앞을, 네 명은 창문 쪽으로 이동했다. 침입과 퇴로를 완벽하게 차단하겠다는 의도가 분명했다.

그리고 남은 네 명이서 침대를 에워싸며 시퍼렇게 날이 선 단검을 꺼내들어 요혈을 노렸다.

파바바박!

손으로 전해지는 감촉이 분명히 근육을 가르고 뼈를 잘라낸 감각이었다. 그런데 뭔가 이상한 느낌이 들었다. 마치 누군가 자신들의 이런 행동을 지켜보고 있는 것 같은 느낌이 들었다. 그에 그들은 동시 고개를 들어 서로를 바라봤다.

그리고는 부지불식간에 이불을 확 젖혀 안을 확인했다.

"……!"

순간 열 명의 복면인들의 눈이 크게 떠졌다. 그때 그들의 귓가를 때리는 나직한 음성이 있었다.

"겨우 열 명인가?"

한심하다는 듯한 목소리.

복면인들의 시선이 목소리가 들려오는 곳으로 향했다.

언제 들어온 것일까? 분명 방금 전까지 단 한 명도 없었는데. 문을 연 흔적도, 창문이 열린 흔적도 없었다. 그런데 어떻게 원래 있었던 것처럼 서 있는 것일까?

"용… 병왕?"

"알면서 묻기는. 그런데… 어느 쪽이 보낸 거지? 귀족? 아니면 황제? 아니면 10대 용병단?"

이미 모두 알고 있었다.

자신을 노릴 수 있는 모든 경우의 수를 생각하고 있었던 것이다.

"쳐!"

하지만 돌아오는 답은 단 한 마디였다.

열 명의 복면인이 일제히 아론을 향해 쇄도해 들어갔다.

그런 그들을 보고 아론은 무표정하게 그리고 느릿하게 투박한 양손대검을 들어 올렸다.

우우우웅!

대기가 공명하기 시작했다.

'어엇!'

아무리 침실이 넓다고 해도 거기서 거기다. 자신들의 신체 능력이라면 불과 1초도 되지 않아서 도착할 정도의 짧은 거리. 그럼에도 불구하고 속도가 나지 않았다. 마치 허공에서 부유하는 듯한 느낌이랄까?

쉬익!

미세하고 날카로운 소리가 들려왔다.

'뭐지?'

그 소리는 분명 자신을 공격해 오는 소리일 것이다. 하지만 방향도 알 수 없었고, 느낌도 없었다.

그런데 몸이 무거워졌다.

'왜… 이러지?'

동시에.

아론을 공격하는 열 명의 복면인은 동시에 그것을 느꼈고, 그들의 시선은 동료를 찾았다.

동료들 역시 마찬가지였다. 그들은 점점 느려지고, 호흡이 가빠오기 시작했다. 그러다 어느 순간.

'죽음?'

한 단어가 떠오르는 그 순간 그들은 쓰러지기 시작했다.

'왜?'

죽는 순간까지 그들은 의문을 가질 수밖에 없었다. 자신들이 어떻게 죽는지, 왜 죽는지 알 수 없었으니까.

열 명의 복면인을 순식간에 제거한 아론은 조용하게 뒷짐을 진 채 죽어 널브러진 그들을 바라보고 있었다.

그들의 몸에서는 피조차 흘러나오지 않았다.

달칵!

그때 문이 열리면서 몇 명의 인물들이 안으로 들어오고 있었다.

이종족 용병들의 수장인 유리피네스와 우든 마을 용병들의 수장이 된 체바로와 카툼, 그리고 임페리움 용병단을 이끌고 있는 용병들이었다.

"벌써 끝났나?"

"별로 어려울 것도 없었어요."

"우릴 너무 쉽게 본 것이겠지."

"아직까지 우리들에 대한 실체를 제대로 파악하지 못했기 때문일 겁니다."

유리피네스, 카툼 그리고 체바로의 순으로 입을 열었다. 그들의 말에 고개를 끄덕이는 아론이었다. 그도 알고 있었다. 이것이 끝이 아니라 시작이라는 것을 말이다.

"그렇겠지. 그건 그렇고 용병들의 동향은?"

"아무래도 아직까지 긴가민가하고 있습니다."

"뭐 그렇기도 하겠지. 자신들이 추천해서 만든 용병왕이 아닌 내가 용병왕이라고 외친 거니까."

당연하다는 듯이 고개를 끄덕이는 아론. 그리고 그것을 확인하기 위해서 용병들이 꾸역꾸역 모여들고 있기는 하지만 아직 용병들은 자신을 용병왕으로 인식하고 있지 않았다. 아니 오히려 어떤 미친놈인가 궁금해서 플랑드르로 모여들고 있었다.

하지만 그것은 시간이 지나가면 서서히 인정하게 될 것이다. 아론이 스스로 용병왕이라고 칭한 이유는 별다른 것이 없었다. 한 명의 용병이라도 더 구하기 위해서. 그것은 바로 다가올 거대한 암운을 이겨내기 위해서였다.

힘이 흩어져서는 안 됐다.

자신을 비롯한 일곱 개의 힘.

그 힘은 동시간대에 흩어진 것이 아니었다. 그것은 쿠테란 마을의 족장인 유리피네스의 말에 의해 확인된 바가 있으니까 말이다. 결국, 지금 전체적인 상황을 보건데 제이니스 제국 혹은 이 세계를 집어삼킬 거대한 암운은 자신이 각성하기 훨씬 이전부터 준비되고 있었다는 것을 의미하고 있었으니까 말이다.

그리고 아직 아론은 장담할 수 없었다.

유리피네스와 자신.

그래서 총 네 개의 힘을 가지고 있었다.

그렇다면 나머지 세 개의 힘은?

하나는 마탑에 존재했다.

하지만 다른 하나는 대체 어디 있는 것일까? 그런 의문을 가지고 있던 중 용병 마을의 전쟁이 치러지는 가운데 또 하나의 힘을 만날 수 있었고, 그 힘은 결국 한 개의 힘이 아닌 두 개의 힘이라는 것을 알게 되었다.

마탑에서 강제적으로 하나의 힘을 흡수해서 두 개의 힘을 하나로 합친 것이다. 두 개의 힘을 하나로 합치는 것 역시 쉬울 리는 없는 법. 당연히 시간이 필요했을 것이다. 그런데 비록 타인의 눈을 통해서이기는 해도 자신을 확인한 것은 어느 정도 힘을 통합했고, 준비를 완료했다는 것을 의미했다.

'첫 번째는 몬스터 웨이브.'

그것을 확신하는 이유는 바로 회색 오크들의 움직임 때문이었다. 오크들을 중심으로 몬스터들이 모여들고 있음에 인간들의 힘을 소진시키기 위해서 몬스터 웨이브가 있을 가능성이 높다.

그것도 제국 역사상 유례없는 거대한 몬스터 웨이브가 있을 것이다. 아니 이것은 웨이브가 아니라 몬스터와 인간 간의 전쟁이라 해도 과언이 아닐지도 몰랐다. 그리고 이어지는 또 다른 수.

'두 번째는 인간들 간의 분열.'

수십 혹은 수백 년 동안 준비해 왔다면 인간들 사이에 그의 하수인들이 없으리라는 법은 없었다. 그러니 반드시 일어날 것이다. 그래서 인간들은 자중지란을 겪게 될 것이다.

그리고 이 제이니스 제국을 중심으로 전 대륙으로 퍼져 나갈 것이다.

'그리고 인간은 멸족하거나 노예가 될 것이고, 수많은 피와 죽음을 흡수해 디멘션 게이트를 열겠지. 이미 그 또한 죽은 내가 했던 차원의 비밀을 엿봤을 테니까.'

결론은 그것이었다.

일곱 개의 힘을 흡수한 이들을 경계해야 할 이유 말이다. 물론, 그 속에는 아론 자신 역시 포함되어 있다. 그리고 가장 마지막에 자신이 해야 할 일이 무엇인지 너무나도 잘 알고 있었고 말이다.

'서서히 끝으로 향해 가고 있군.'

전쟁은 피할 수 없었다. 인간 대 인간이든, 몬스터 대 인간이든 간에 말이다. 그리고 그 전쟁을 막기에는 자신의 힘은 아직 미비했다. 이제야 겨우 발을 담그는 정도였으니까 말이다. 그리고 그 전쟁을 이겨내기 위해서 준비를 해야만 했다.

그 하나는 이미 완성되었다. 바로 플람베르 가문과 실력자들의 양성이었다. 뭐 물론 실력자들의 양성에 있어서 의도적인 면도 있기는 하지만 전혀 의도하지 않은 것도 많았다. 아니 대부분이 그랬다.

어쨌든 별로 의도하지 않았지만 실력자의 양성은 그럭저럭 훌륭했다. 모양새를 보면 카툼이나 플람베르의 노가주는 그랜드 마스터에 오를 날이 멀지 않을 것 같았고, 나머지도 조금만 더 그냥 슬쩍슬쩍 비춰준다면 충분히 실력이 상승할 것 같았다.

그리고 두 번째 준비는 바로 용병들의 통합이었다. 물론, 통합이 이루어지기 전에 전쟁이 일어날 것이 분명했지만 그 이전까지 할 수 있는 한 최대한 해야만 했다.

'마지막 세 번째는 귀족인데……'

그러면서 슬쩍 함께 들어온 아우슈반츠 백작을 바라봤다. 지금이야 아우슈반츠 백작이 아닌 그저 좀 한다하는 느낌의 용병처럼 보이는 티르라는 용병이 있을 뿐이지만 그래도 그를 통해서 귀족들을 유입시킬 수 있을 것 같았다.

"왜, 왜?"

자신을 지긋이 바라보는 아론을 보고 살짝 당황하는 티르.

"할 말이 있어서."

"무슨?"

"귀족들을 끌어들여야겠어."

"그건……."

아론의 말에 살짝 눈살을 찌푸리는 티르였다. 절대 쉽지 않은 일이었다. 아니 쉽지 않은 것이 아니라 불가능할 것이다. 만약 그럼에도 귀족들을 끌어들인다면 자신은 자유를 반납하고 본가로 돌아가야만 했다.

자신이 본가로 돌아간다고 해서 가능한 것도 아니었다. 신분의 벽이란 그렇게 간단하게 허물어질 정도로 얇지 않았기 때문이었다.

"불……."

"불가능하다는 말은 하지 않았으면 좋겠군."

"하지만 불가능한 것은 불가능한 것이네."

"아니, 가능해."

"어떻게?"

"자네가 조금 더 실력이 되고, 신흥 귀족들, 혹은 소외받는 귀족들의 중심이 된다면."

"하지만 그러기에는 시간이 너무 촉박할 것 같은데?"

"아니 이미 토대는 마련되었을 것이다."

"토대? 아!"

아론의 말에 무슨 말인가 하다가 이내 생각나는 것이 있는지 감탄을 내뱉는 티르.

"그렇군. 들으니 아들을 중심으로 귀족들이 모이고 있다는 말도 있고, 황제파에서 귀족파를 제거하기 위해 아들에게 손을 벌리고 있다는 말도 있으니까."

"그렇지. 마스터라는 존재는 그리 간단한 존재는 아니니까 말이야."

"그렇군."

아론의 말에 고개를 끄덕이며 격하게 동조하는 티르. 사실 주변에 하도 쟁쟁한 이들이 많다 보니 자신이 마치 이제 겨우 검을 잡은 초보자처럼 느껴지는 것이 사실이었다. 그냥 임페리움 용병단을 구성하는 인원 중 조금 한다 하는 이들은 모조리 마스터였으니까.

거기에 조금 실력이 있다고 여겨지는 이들은 최소 그레이트 마스터였으니 어쩌면 당연한 결과라 할 수 있었다. 세상에 마스터가 길가에 흔히 널려 있는 돌멩이처럼 느껴지는 곳은 바로 이곳밖에 없을 것이다.

어쨌든 아론의 말에 새삼스럽게 자신이 얼마나 대단한 집단에 있는지 정확하게 알게 된 티르. 하지만 결코 표정은 좋지 못했다.

"결국 돌아가야 한다는 말이로군."

"싫은가?"

"사실 내게는 맞지 않는 옷과 같은 것이야."

"살아가면서 하고 싶은 것만 하면서 살아갈 수 없음을 알 텐데?"

"그래서 이렇게 인상을 쓰고 한숨을 쉬는 것이네. 내가 해야 할 일임을 알기에."

"가기 전에 나를 한 번 보고 가."

"……."

무슨 말인가 하고 그를 빤히 바라보다 이내 그 의미를 깨달은 티르는 얼굴이 펴지며 고개를 끄덕였다. 그 초롱초롱한 눈빛에 아론은 헛기침을 하며 시선을 돌렸다.

"괜한 기대는 하지 말고."

"기대는 무슨……."

그러면서도 기쁜 마음을 감추지 못하는 티르. 그도 그럴 것이 아론과 개인적인 면담을 가진 이들 중 그 경지가 상승하지 않은 자가 없었기 때문이었다. 한 명이라면 별로 기대를 하지 않을 터인데, 그 수가 상당하다 보니 당연히 기대할 수밖에 없었다.

"어쨌든……."

"앞으로 어떻게 하실 생각입니까?"

말을 하려는 티르의 말을 자르고 브라이언이 물어왔다. 이미 아론과 사전 교감이 있어 여기 있는 대부분은 앞으로 어떻게 해야 할지 알고 있었다. 그럼에도 불구하고 그가 묻는 것은 바로 분위기 전환 때문이었다.

지금의 딱딱한 상황을 풀어가기 위한 것이었다.

"하던 대로……."

"그리고 플람베르 가문에서 연락이 왔습니다."

"뭐라고?"

"귀족파에서 찾아왔다고 합니다."

"압력이로군."

"그렇습니다."

"뭐라고 했는데?"

"이미 짐작하신 대로 우리에게서 손 떼라는 것입니다."

"겨우 그거 하나?"

"물론, 아닙니다."

"다 풀어봐."

"플랑드르를 내놓으라는 것이겠지요."

"내놓지 않으면?"

"굴카마스 가문과 칼뤼베이우스 가문의 움직임에 도움을
줄 수 없다는 말입니다."

"헛수고했군."

아론은 나지막하게 웃어버렸다. 그들은 아직 플람베르 가
문을 제대로 파악하지 못하고 있었다. 과거의 플람베르 가문
이 아니었다. 노가주는 이미 그랜드 마스터였고, 소가주는 그
레이트 마스터였다.

그리고 그 둘은 어느 정도 아론의 비밀에 대해서 알고 있었

다. 거기에 지금 상황이 그리 만만치 않다는 것도 말이다. 그래서 그들은 꾸준히 강화해 오던 가문의 전력을 강화하는 데에 더욱더 박차를 가하고 있었다.

단독이라면 1좌인 굴카마스 가문과 권좌의 다툼을 하더라도 절대 밀리지 않을 정도였다. 아니, 어쩌면 압도할지도 몰랐다. 굴카마스 가문의 가주는 그레이트 마스터 중 최상급, 그러니까 그랜드 마스터의 목전에 있는 존재였지만, 플람베르 가주는 이미 그랜드 마스터였으니까 말이다.

지금 아론으로부터 깨달음을 얻어 그 깨달음을 정리하는 도중에 그랜드 마스터가 되었고, 신체적으로나 정신적으로 이전과 비교조차 할 수 없을 정도의 수준이 된 플람베르 가주였다. 그런 그가 굴카마스 가문의 가주에게 밀릴 이유는 전혀 없었다.

그리고 대외적으로 그런 플람베르 노가주와 소가주의 무위, 거기에 덧붙여 현재도 욱일승천하고 있는 플람베르 가문의 힘까지 모두 잘못 알고 있었다. 그 이유는 바로 아론에 의해 제시되었던 내부의 적을 역이용하자는 작전이 제대로 먹혀들었기 때문이었다.

어쨌든 현재 플람베르 가문에 대한 전력을 극히 과소평가되어 있는 것이 사실이었다. 더불어 임페리움 용병단에 대해서도 말이다. 나는 적을 알고, 적은 나를 모르니 필승이라 할 수 있었다. 물론, 그 필승을 하기 위해서는 수없이 많은 피를 흘려야 하겠지만 말이다.

"어떻게 하시겠습니까?"

"뭐를?"

"길버트 님이 물어왔습니다. 계속 진행하느냐고."

"진행해야지."

"알겠습니다."


그렇게 용병단의 상황이 정리되는 그 순간 길버트는 귀족파에서 보내온 귀족들과 마주하고 있었다.

"이런 일은 노가주와 의논하는 것이 맞지 않을까 합니다."

"아버님은 바쁘십니다."

"하나……."

"현재 본인이 가문의 모든 대소사를 결정합니다."

"정녕……."

"플랑드르를 포기할 생각이 없습니다. 또한, 귀족파의 도움을 받지 않아도 됩니다. 에퀘스의 성역과 귀족들과는 서로 불가침 영역인 것으로 알고 있는데, 어찌 이런 무도한 짓을 벌이는지 의문이 드는군요."

"아직 상황 파악이 잘 안 되시나본데 용병왕입니다, 용병왕."

"잘 알고 있습니다. 그런데 그게 뭐 어때서 그렇습니까?"

"제국에는 황제 폐하가 계시고 공왕 전하가 계시며 공작 각하께서 계십니다. 그런데 어찌 그 신분도 알지 못하는 천한 용병 놈들이 함부로 왕이라 할 수 있겠습니까?"

"그들이 왕국을 세운다고 했습니까? 아니면, 그들이 역모를 한다고 했습니까?"

"그거야……."

"그럼 대체 뭐가 문제입니까? 황제 폐하께서도 아무런 말씀이 없으십니다. 그런데 왜 귀족들이 나서 그들을 압박하는지 모르겠습니다."

"진정 이렇게 나오실 겁니까?"

"뭐가 말입니까? 용병들이 용병왕을 세우든지 그 무엇을 하든지 간에 반역을 하지 않으면 되지 않습니까? 그리고 제국은 정말 용병들을 당해낼 수 없습니까? 왜 그런 하잘 것 없는 용병들의 일에 이리도 촉각을 곤두세우십니까?"

"정녕 몰라서 묻는 것입니까?"

"모르니까 묻지, 알면 묻겠습니까?"

"이익!"

길버트의 태연한 말에 귀족파의 사자로 온 귀족은 두 주먹을 불끈 쥐며 바르르 떨었다.

"진정 권주를 마다하고 벌주를 마시겠다는 말이오?"

"그것이 권주가 될지 벌주가 될지는 아무도 모르는 일 아니겠습니까?"

"흥! 어디 두고 봅시다."

그러면서 자리를 박차고 일어나는 귀족들. 그런 귀족들을 보며 무표정하게 자신의 앞에 놓인 찻잔을 들어 올리며 입을 여는 길버트.

"배웅은 하지 않겠소."

"……"

길버트의 태연자약한 모습에 서늘한 눈초리를 한 귀족은 말없이 신형을 휙 돌려 집무실을 벗어났다.

"거참 성질들 하고는……."

길버트는 태평스럽게 말을 하며 들어 올린 찻잔을 들이켰다. 그때 그의 앞에 홀연히 한 명의 존재가 모습을 드러냈다. 그에 길버트는 마시던 차를 내리고 자리에서 일어났다.

"그냥 앉아 있어라."

"아, 예. 뭐 그렇다면야……."

"많이 뻔뻔해졌구나."

"뭐 아버지 아들인지라."

"끌끌……."

바로 플람베르 가문의 노가주였다.

그는 귀족들이 입도 대지 않은 찻잔을 들어 올리며 나직하게 혀를 차며 입을 열었다.

"귀한 찬데 마시고 가지."

"바쁜 일이 있나 보죠."

"그렇게 보이더구나. 그런데 자신 있느냐?"

"자신 없어도 해야 할 일입니다."

"그건 그렇지."

"그런데……."

말을 흐리며 플람베르 노가주를 바라보는 길버트.

"소득이 있으신 모양입니다."

"그렇게 보이느냐?"

"보이지는 않습니다. 아니 오히려 이전보다 더 평범해졌다고
해야 옳을 것입니다."

"그렇구나. 대충 찍은 게지?"

"찍는 것도 실력입니다."

"그놈의 실력 타령은……."

"어쨌든 축하드립니다."

"어째 말이 곱지 않구나."

"아버지 나이 때가 되면 대충 뒤로 물러나고 자식 놈에게
물려주는 게 옳지 않겠습니까?"

"물론, 그렇긴 한데 현재 그런 가문은 없어 보인다만?"

"말이 그렇다는 말입니다."

"어째 말만 그런 것 같지 않아서 그런다."

"갈수록 성격이 이상해지십니다."

"어느 잘난 아들놈 때문에 그렇지."

"그건 참으로 좋은 현상이지요. 아버지를 생각하는 아들의 지극한 마음이지 않겠습니까?"

"그랬으면 좋겠다면 아들 실력이 영 탐탁지 않구나."

"아버지가 너무 잘나서 그렇습니다."

"내가 보기엔 아들놈도 충분히 가능할 것도 같은데 말이다."

"대신 그 아들놈이 훌륭한 친구를 뒀지 않습니까?"

"그나마 다행인 게지."

"그리고 그 잘난 친구 놈이 이런 말을 했습니다."

"시기가 무르익었다고?"

"그렇습니다."

"그래."

그러면서 들고 있던 찻잔을 내려놓는 플람베르 노가주. 동시에 길버트 역시 찻잔을 내려놓았다.

"굴카마스 가문과 칼뤼베이우스 가문, 그리고 마테리아 가문이 움직이겠군."

"아마도 그럴 것입니다."

"쯧. 에퀘스의 성역에 있는 가문들이 어찌 욕심에 눈이 멀어서는……."

"그들도 인간이지 않겠습니까? 그리고 굴카마스 가문의 경우 우리 가문이 아마도 눈엣가시와 같은 존재였을 겁니다. 거기에 귀족들은 플랑드르의 양모와 질 좋은 철광석이 탐이 났을 것이고요."

"그거야 뭐……."

"그리고 대외적으로 우리 가문은 지금 위태위태하잖습니까?"

"그렇기는 하구나. 그들이 생각하기에 우리 가문을 쳐내기 위한 절호의 기회이겠지."

"맞습니다."

"좋다. 지금부터 가문을 전시체제로 움직인다."

"그전에……."

조심스럽게 길버트가 말을 흐렸다. 그에 플람베르 노가주 역시 길버트를 바라보며 무겁게 고개를 끄덕였다.

"할 수 있겠느냐?"

"해야 하지 않겠습니까?"

"모두가 내 불찰이로구나."

"어쩔 수 없지 않겠습니까? 비단 아버지뿐만 아닐 것입니다."

"그렇겠지. 각 가문에 모두 그런 이들이 있겠지."

"그렇습니다."

"그래, 그들에게는 어찌 알릴 셈이더냐?"

"가문의 일을 처리한 후 제가 직접 움직여야 하지 않겠습니까?"

"그래, 그래야겠지. 그래야 믿겠지."

"아버지는……."

"나는 마탑을 돌아봐야 할 것 같다."

"위험하지 않을까 합니다."

"네 말처럼 해야 하는 일이다."

"그렇기는 하지만."

"네 친구가 가기에는 그 친구가 해야 할 일이 너무나도 많다. 우리가 할 수 있는 한도 내에서 모든 것을 우리 스스로 처리하는 것이 맞을 것 같다."

"그렇게 알겠습니다."

"그래."

그 말과 함께 플람베르 노가주는 자리에서 일어나 창문을 열고 허공 속으로 사라져 갔다. 그 모습을 말없이 지켜본 길버트.

"이제 쉬셔도 되는데……."

CHAPTER 6

전쟁의 시작 Ⅰ

"크르르르."

나직한 으르렁거림이 들려왔다.

하지만 그 으르렁거림을 정면으로 받고 있는 이는 표정 하나 변하지 않고 으르렁거리는 상대를 바라볼 뿐이었다.

"실력이 많이 늘었군."

으르렁거리는 자.

그는 바로 오크였다.

그리고 그 맞은편에 앉아 있는 자는 칙칙한 로브를 입고 후드까지 푹 뒤집어써 그저 날카로운 턱과 창백한 피부, 그리고 붉고 가는 입술만 보일 뿐인 자였다. 그리고 로브와 후드로 자신의 정체를 감춘 자의 뒤에는 보기에도 섬뜩한 자가 서 있었다.

마치 얼굴을 바느질로 기운 듯이 여기저기 꿰맨 자국이 가득한 자가 서 있었다. 그에 불편한 심기를 낼 수밖에 없는 오크. 그 오크는 바로 회색 오크 일족의 수장으로서 몬스터들을 규합한 드렉타스였다.

또한, 그 옆에는 그의 심복 중의 심복이라 할 수 있는 대주술사 골쿤이 자리하고 있었다. 골쿤 역시 불편한 표정으로 정면을 바라보고 있었다. 그도 그럴 것이 지금 자신들의 앞에 있는 자는 자신들에게 힘을 준 자였다.

하지만 대가 없이 힘을 준 것은 아니었고, 자신들을 마음대로 재단하고 움직이려 했다. 그것을 너무 잘 알고 있으면서도 이들이 내민 손을 거부할 수 없었다. 그 손을 뿌리치기에는 너무나도 달콤했기에.

그래서 인상을 쓰면서도 그들은 이 칙칙한 로브인을 마주할 수밖에 없었다. 그리고 상대는 이미 자신들의 상태를 알고 나 있다는 듯이 말하는 것이 솔직히 심리적으로 위축되기도 했다. 오랜 시간 동안 많은 성장을 한 둘.

하나, 언제나 이 정체를 알 수 없는 로브인 앞에서는 절로 위축됐다. 그에 드렉타스와 골쿤은 분노가 일었다.

'그토록 노력했건만……'

'입이 쓰군.'

어느 정도 성장해서 이제는 저자의 손아귀에서 벗어날 수 있을 것이라고 생각했다. 그리고 충분히 대비도 했고 말이다. 그런데 아무런 효과가 없었다. 물론, 과거보다는 나아지기는 했지만 그것뿐이었다.

"그래, 무슨 일로 왔나?"

결코 곱지 않은 드렉타스의 물음.

그에 로브인은 얇고 붉은 입술로 선을 그렸다.

웃는 것이리라.

하지만 그 웃음의 당사자인 드렉타스와 골쿤이 느끼기에는 단순한 웃음이 아닌 자신들을 비웃는 것 같은 느낌을 받을 수밖에 없었다. 그리고 그 느낌은 자신들이 약자임을 증명하는 것이라는 것을 알고 있기에 더욱더 쓰게 분노할 수밖에 없었다.

"도움이 될까 해서."

"도움?"

"몬스터들을 성공적으로 규합했더군."

"칭찬인가?"

드렉타스는 애써 평정심을 가다듬으며 되물었다.

"칭찬 맞아. 적어도 몇 년은 더 걸릴 것이라고 생각했거든."

"그런가?"

"그런데 망설이는 것 같더군."

"망설이는 것이 아니다. 완벽을 기할 뿐."

"물론, 그렇겠지."

수긍하는 로브인. 하나, 왜지 모르게 여전히 자신들을 비웃는 것 같이 들려오고 있었다. 하지만 드렉타스는 그 짧은 순간 어느 정도 평정심을 되찾았는지 무표정하게 로브인의 말을 받아들이고 있었다.

"그래서?"

그러면서 슬쩍 로브인의 뒤를 바라보는 드렉타스.

"어느 정도 눈치를 챈 모양이로군."

"정확하게는 모르겠군."

"마스터께서 내려주시는 것이다."

"마스터?"

드렉타스의 눈썹이 살짝 치켜졌다. 로브인의 마스터이지, 자신의 마스터는 아니었다. 그런 드렉타스의 마음을 알아챘는지 로브인의 드러난 입가에 잔혹한 미소가 걸렸다.

"아직 인정하고 싶지 않은 모양이로군."

"당신의 마스터일 뿐."

"그런가? 뭐 나쁘지 않지. 하나, 이것만은 반드시 알아둬야 할 것이다."

"……"

"배신은 허용치 않는다는 것을."

로브인의 기세가 서서히 일어나기 시작했다. 그것은 압박이었다.

"으으음."

트렉타스는 나직하게 침음을 흘렸다. 어느 정도 힘을 길렀다고 생각했다. 하지만 지금 눈앞에 있는 로브인은 어떻게 하기에는 부담스러웠다.

'아직… 인가?'

그는 깨달을 수 있었다.

자신은 아직 멀었다는 것을 말이다. 그레이트 마스터에 올랐음에도 불구하고 하수인에 불과한 로브인조차도 제대로 감당할 수 없었다. 드렉타스는 속으로 으르렁거릴 수밖에 없었다.

'아직은 때가 아닌 모양이군.'

그래도 약세를 보일 수는 없었다.

"보아하니 뭔가를 줄 모양이로군."

"마스터께서는 시기가 무르익었음을 알려오셨다."

"시기가 무르익었다함은?"

"힘을 밖으로 표출하라는 말이지."

"밖으로 표출한다라……"

같은 말을 되뇌며 드렉타스는 송곳니를 드러낸 채 웃었다.

"듣던 중 반가운 소리군."

"준비는 되었나?"

"언제든지."

"그리고 마스터께서 선물을 주셨다."

"선물?"

그러면서 로브인의 뒤를 힐끔 바라보는 드렉타스.

"짐작한 모양이로군."

"짐작만 할 뿐."

"그런가? 어쨌든 상관없겠지."

"힘을 쓸 것 같기는 한데……."

"시험해 볼 텐가?"

"아니. 괜찮아 보이는군."

드렉타스는 이미 호문클루스의 존재를 파악하고 있었다. 아무리 호문클루스가 대단한 존재라고 할지라도 드렉타스는 그레이트 마스터에 오른 자였다. 또한, 숨기고 있지만 그랜드 마스터를 목전에 두고 있었고 말이다.

오크들을 통합하고 몬스터들을 토벌해 힘으로 병합하면서 그는 가장 선두에 서 수없이 많은 실전을 거쳤다. 그 수없이 많은 실전이 그의 실력을 더욱더 빠르게 일취월장시킨 것이었다. 자신의 눈앞에 있는 로브인에게 자신의 진정한 실력을 감출 수 있을 정도로 말이다.

"좋아. 그렇다면 언제부터 시작할 텐가?"

"최대한 빨리."

"그리고……."

그러면서 드렉타스와 골쿤의 앞에 무언가를 내미는 로브인. 그에 인상을 잔뜩 쓰면서 받아드는 드렉타스와 골쿤.

"1년이다."

"너무 짧군."

"자주 만나야 하지 않겠나?"

"별로 마음에 들지 않는 말이로군."

드렉타스의 말에 흰 이를 드러내며 웃는 로브인. 그는 이내 자리에서 일어나 입을 열었다.

"기대하지."

"배웅은 않지."

드렉타스는 자리에서 일어나지도 않았다. 불쾌한 감정을 전혀 숨기지 않은 모습에 로브인은 슬쩍 입꼬리를 말아 올리며 돌아섰다.

후우웅!

적막한 공간에 바람이 뜨거운 바람이 일고, 로브인의 발밑으로 짙은 검은색의 마법진이 빛을 일으키자 로브인의 신형은 점점 사라지기 시작했다. 그 모습을 보면서 드렉타스와 골쿤은 얼굴을 딱딱하게 굳혔다.

'텔레포트.'

아무나 할 수 있는 것이 아니었고, 아무렇지도 않게 할 수 있는 것이 아니었다. 그럼에도 불구하고 로브인은 너무나도 쉽게 텔레포트를 시전해 내고 있었다. 그래서 눈살을 찌푸릴 수밖에 없었다.

아직은 아니라는 생각이 들어서 말이다. 아니 그렇게 노력했건만 아직 자신들이 허물어야 할 벽이 너무 두껍다는 것을 새삼 깨닫게 되어서 더욱 그러했다.

어둡고 뜨거운 바람이 사라지고 둘은 나직하게 한숨을 내쉬었다.

"후우~"

그리고 동시에 자신들의 앞에 서 있는 인형을 기운 듯 온통 기워진 얼굴을 하고 있는 자를 바라봤다.

"인원은?"

"3백."

"적은 수로군."

"……."

하나 답은 없었다.

그에 드렉타스는 용병을 쏘아봤다. 그러거나 말거나 멍하게 자신의 할 말만 하고 고목처럼 버티고 서 있는 자.

"이름은?"

"투쓰."

"잘 하는 것은?"

"죽이는 것."

"좋군."

투쓰의 말에 송곳니를 드러내며 웃는 드렉타스.

"너희들은 가장 선두에 선다."

"알았다."

드렉타스는 이들을 아낄 생각이 없었다. 어차피 저들은 저렇게 멍청하게 있을지라도 자신을 감시하는 데 사용될 자들이었다. 그런 자들을 아낄 필요는 없었다. 그리고 저런 인간 같지도 않은 인간들은 필요 없었다.

1만도 아니고 1천도 아닌 고작 3백이었다.

도대체 3백 명으로 무엇을 할 수 있겠는가? 그럼에도 불구하고 그들을 선봉에 세운 이유는 시선 끌기용이라 할 수 있었다. 자신의 힘을 약화시킬 필요는 없으니까. 그리고 선물이라고 했으니 약한 놈을 보냈을 리는 없을 것이다.

문제는……

'마나는 상급과 최상급 사이. 실력은 모르겠군.'

이 정도면 어느 정도 역할을 해줄 것이다. 그리고 어차피 상관은 없었다. 해독약이 있으니 1년은 그들을 보지 않아도 되었다. 그리고 결정적으로 그들은 자신과 골콘을 중독되게 만들었지만, 특별한 경우를 제외하고는 별 간섭이 없었다.

하지만 엄밀히 말해서 그것은 자신을 믿는 것이 아니었다. 최대한 이용해 먹기 위한 것이었고, 그 이용 목적에 있어서 자신들의 역할이 그만큼 중요하다는 것을 반증하는 것이었으니까. 어쨌든 나쁘지는 않았다.

다만, 불쾌함이 가득할 뿐이었다.

자신 스스로가 아니라 그들의 명령대로 움직여야 하는 자신들이 말이다. 하지만 이내 고개를 저어 그런 잡스런 생각을 털어내며 자리에서 일어났다.

"가지."

"알겠습니다."

"……."

드렉타스는 밖으로 나섰다.

그의 눈으로 드넓은 벌판이 보였다.

그리고 그 넓은 벌판을 가득 채운 수만 혹은 수십만의 몬스터 대군을 바라볼 수 있었다. 로브인이 오기 전 그들은 이미 만반의 준비를 마친 상태였다. 드렉타스 역시 더 이상 몬스터들의 흉성을 막을 수 없다는 것을 너무나도 잘 알기에 그 흉성을 밖으로 터뜨릴 계기가 필요했다.

그리고 그 시기에 딱 맞춰서 로브인이 방문했고 말이다. 어쨌든 드렉타스는 홀가분한 마음으로 정벌전에 나설 수 있었다. 드렉타스는 거대한 배틀엑스를 한 손에 든 채 들어 올리며 외쳤다.

"진군하라!"

"우~ 와아아~"

몬스터들이 질서정연하게 움직이기 시작했다.

인간들이 보았다면 절대 있을 수 없는 일이라고 했을 정도의 광경이 지금 이곳에서 행해지고 있는 것이었다. 드넓은 평원을 가득 채운 몬스터들의 질서 정연한 진군은 그야말로 대단한 위압감을 가감 없이 드러내고 있었다.

그 모습을 본 드렉타스는 두터운 입술을 꿈틀거리며 눈에서는 알 수 없는 욕망이 활활 타오르기 시작했다.

"크흐흐흐."

그는 나직하고 섬뜩한 웃음을 흘렸다.

"이제 시작이다."

"그렇습니다."

"모조리 쓸어버릴 것이다."

"물론입니다."

"크하하하하하!"

앙천광소를 터뜨리는 드렉타스.

그의 옆을 지키며 소리 없는 웃음을 보이고 있는 골쿤.

전쟁의 시작이었다.


*          *          *


"흐아아암!"

어두운 밤.

경계를 서고 있던 병사 한 명이 입이 찢어져라 크게 하품을
해댔다.

"어이고… 입 찢어지겠네."

"남이사 입이 찢어지든 말든."

"어쭈, 이게."

"뭐? 왜?"

"아무리 같은 동향이라고 해도 여기서는 내가 선임이다만?"

"둘밖에 없잖냐."

"어우~ 어쩌다 네놈이 이곳에 배치되어서는 말이지."

"친구 좋다는 게 뭐냐. 다 그렇고 그런 거지."

"나 원 참. 말이라도 못하면 이쁘기라도 하지."

"여자면 몰라도 시금털털한 네놈은 사양이다."

"얼씨구? 이게 진짜……."

"잠깐."

"그래도 소용없다."

"아니, 진짜 무슨 소리 못 들었냐?"

"소리는 무슨, 얼어 죽을 소리……."

"쉬잇! 조용히 하고 들어봐 봐."

갑자기 신중해진 동료의 말에 혹시나 하는 생각에 조용히 귀를 기울이는 병사.

"어?"

그리고 들었다.

무언가 육중한 소리를.

더불어 마치 지진과도 같이 미세하게 성벽이 흔들리는 느낌까지.

"뭐지?"

그러면서 어둠 속에서 전방을 바라보는 병사. 하지만 횃불에 의지해 어두운 밤에 전방을 감시하는 것은 절대 쉽지 않은 일이었다. 아무리 안력을 올려 전방을 살펴봐도 아무것도 보이지 않았다.

"아무것도 안 보이는데……."

선임 병사가 나직하게 말을 흐렸다.

"하지만… 잠깐!"

그러면서 후임 병사가 킁킁대기 시작했다.

"이거……."

"냄새?"

후임 병사의 말에 선임 병사는 무언가 비릿하면서도 거부감이 드는 냄새를 맡게 되었다. 그리고 둘은 서로를 바라봤다. 익숙한 냄새였다. 자신들이 살던 마을에서 많이 맡아봤던 냄새.

"몬스터?"

선임 병사의 말에 후임 병사는 곧바로 비상종이 있는 곳으로 내달렸다. 후임 병사가 비상종을 치기 위해 망치를 들었을 때.

쉬이이잇!

퍼억!

밤의 어둠을 뚫고 무언가 날아와 후임 병사의 뒤통수를 꿰뚫고 지나갔다.

"무……."

퍼억!

눈을 휘둥그레 뜨고 무슨 일이냐고 말하려던 선임 병사의 머리에도 예외 없이 무언가 박혀들었고, 선임 병사 역시 힘없이 허물어져 내렸다. 날아온 것은 화살이었다. 어찌나 강력했는지 선임 병사와 후임 병사는 화살에 꿰인 채 벽에 그대로 박혀 있었다.

턱!

그 순간 성벽 위로 두툼한 손이 올려졌다. 그 손과 비슷한 손이 하나만 있는 것이 아니었다. 그리고 그 손의 주인공들이 얼굴을 드러냈는데, 그들은 다름 아닌 오크들이었다. 그리고 예의 붉은 눈동자에 인형처럼 얼굴을 기운 자들까지.

툭!

바로 투쓰라는 자.

그가 성벽 위로 오름에 나머지 3백 명의 블러드 호문클루스가 성벽 위로 올랐다. 모두 올라온 것을 확인한 투쓰는 지체 없이 움직였다. 명령 따위는 없었다. 오로지 움직임만이 남아 있을 뿐이었다.

그들은 성벽에 오르는 계단 따위는 필요 없다는 듯이 성벽에서 그대로 떨어져 내렸다.

쉬이익!

3백에 달하는 블러드 호문클루스, 그들이 한꺼번에 떨어져 내렸고, 성벽과 성문을 지키고 있던 병사들은 전혀 그런 낌새를 알아차리지 못했다. 사실 누가 상상이나 했겠는가? 10미터가 넘어가는 성벽에서 누군가 떨어져 내릴 것이라고 말이다.

"그래서 내가 말이야……."

지루한 경계를 서는 동안 서로 음담패설을 하고 있던 두 명의 병사.

파각!

두 병사의 정수리에 날카로운 단검이 박혀 들었다.

두 병사는 비명도 지르지 못한 채 죽음이 찾아들었고, 동시에 알 수 없는 소리가 어둠 속에서 미세하게 들려왔다.

와자자작!

떨어져 내린 블러드 호문클루스.

병사들의 정수리에 단검을 꽂아 넣는 동시에 날카로운 송곳니를 드러내며 병사들의 목을 물어뜯고 있었다. 피가 치솟아 올랐다. 하지만 블러드 호문클루스는 전혀 개의치 않는다는 듯이 벌컥벌컥 피를 마셨다.

스스슷!

그리고 순식간에 병사들은 미라처럼 말라갔다. 채 30초도 되지 않아 뼈와 가죽만 남은 병사들.

툭!

그런 그들은 툭 던지는 두 명의 블러드 호문클루스. 그들은 붉은 혀로 입술 주변에 묻은 피를 핥았고, 그에 마치 씻기듯이 핏물이 깔끔하게 정리되었다. 그리고 그들은 다시 움직였다. 그들이 움직인 곳은 성문의 도개교를 내리는 장치가 있는 곳이었다.

끼기기긱!

쿠르르르!

거대하고 육중한 도개교가 내려오기 시작했다. 병사들을 처리하는 데는 은밀했으나 도개교를 내리는 소리까지 없앨 수는 없었다. 하지만 그 누구도 성문이 있는 곳에 모습을 드러내지 않았다.

그럴 수밖에 없는 것이 어떤 비상종이나 알림이 없었으니 평소에 하던 대로 경계병을 믿고 깊은 수면 속에 빠져들어 있을 수밖에 없었다.

쿠우웅!

도개교가 내려지고, 그 도개교 위로 수없이 많은 오크들과 몬스터들이 성내로 진입하기 시작했다. 그들은 성내로 진입하는 즉시 각종 군사시설을 습격하기 시작했다. 그들은 그냥 언제나 상대하던 몬스터들이 아니었다.

오크에 의해 철저하게 단련된 몬스터들이었다. 그 움직임 하나하나가 일사분란하기 그지없었고, 신속했다.

"누……"

퍼억!

잠에 취해 있던 기사의 머리가 어른 머리통만 한 철퇴에 맞아 으깨졌다. 비릿하고 검붉은 핏물이 사방으로 튀었다. 그에 잠을 자다 핏물을 뒤집어쓴 기사가 뒤척이다 눈을 떴다. 그리고 더 이상 커질 수 없을 정도로 눈이 커졌다.

서걱!

그리고 목이 베였다.

"끝났군."

"이제 내성인가?"

"그래."

그러면서 두 오크는 서로를 보며 이를 드러내며 웃었다. 그들이 떠난 막사는 피비린내가 가득했다. 살아남은 기사는 단한 명도 없었다. 기사들뿐만이 아니었다. 병사들도, 종군한 마법사들까지 단 한 명도 살아남지 못했다.

콰아앙!

"커허어억!"

중년의 기사가 피를 뿜으며 날아갔다.

그 모습을 지켜보고 있던 한 오크가 재빠르게 손도끼를 집어 던졌고, 손도끼는 여지없이 중년의 기사의 이마에 박혀 돌로 된 벽에 박혀 버렸다.

"어, 어떻게······."

그때 나직하게 덜덜 떨며 입을 여는 자가 있었으니 바로 이곳 성을 맡은 성주였다. 살아남은 사람은 오직 그 혼자였다. 수십에 이르는 기사들은 목을 잃고 사방에 널브러져 있었고, 자신의 가족은 어떻게 되었는지 알 수조차 없었다.

그리고 더 비현실적인 것은 자신의 눈앞에 존재하는 오크라는 존재였다. 그냥 몬스터였다. 용병 서너 명만 모이면 죽일 수 있는 그런 몬스터인 오크였다. 그런데 그런 오크가 어떻게 이럴 수 있을까?

도무지 이해할 수 없었다.

그에 벽에 박힌 손도끼를 뽑아들던 오크가 한마디 꺼냈다.

"그 작은 머리로 헤아리려 하지 마라. 이 세상에는 너희 인간들이 생각하는 것보다 훨씬 더 많은 것들이 존재하니까."

덜덜덜.

오크의 말에 성주는 백짓장처럼 하얘진 얼굴로 그저 벌벌 떨 뿐이었다. 그런 성주를 일별한 오크들이 빠르게 움직였다. 개중에는 인간의 로브와 같은 옷을 입고 있는 오크도 있었는데 그 오크는 무언가 웅얼거리면서 들고 있던 지팡이를 들어 올렸다 바닥을 내리쳤다.

스화아아악!

무언가 바닥을 내리친 지팡이를 중심으로 빠르게 퍼져 나갔다. 그리고 빠르게 퍼져 나간 무언가는 한곳으로 집중되었으며, 하얗게 질렸던 성주의 얼굴은 경악으로 물들어갔다.

쩌저저적!

번개가 내려치듯 방전이 일어나면서 벽체에 빠르게 균열이 발생하면서 무너져 내렸다. 그리고 드러난 것은 꽁꽁 숨겨두었던 비밀 금고였다. 그러니 경악할 수밖에 없었다. 성주는 단한 마디도 하지 않았다.

하지만 그것을 마치 알고 있다는 듯이 행동하는 오크들.

'어떻게 이럴 수가……'

믿을 수 없었다.

인간도 알아채기 힘들게 만들어뒀던 장소였다. 그런데 그것을 인간의 마법과 유사한 술수로 너무나도 가볍게 밝혀내고 있으니 당연할 수밖에 없었다. 지금 이 순간에도 성주의 생각에는 오크는 그저 몬스터일 뿐이었으니까 말이다.

"놀라운가?"

우두머리 오크가 물었다.

그리고 성주는 또 다시 한 번 크게 놀랄 수밖에 없었다.

왜냐하면 완벽한 인간의 언어였기 때문이었다.

물론, 처음부터 오크는 완벽한 인간의 언어를 구사했지만 성주는 이제야 깨달을 수 있었던 것이다. 완벽하게 인간의 언어라는 것을 말이다. 그리고 성주는 또 하나를 깨달을 수 있었다. 이들은 절대 본능에 의해 움직이는 것이 아니라는 것을 말이다.

"놀랍겠지. 하지만 이 정도로 놀라기는 아직 이르지."

우두머리 오크가 말을 마쳤을 때 한 오크가 두툼한 서류 뭉치를 들고 와 우두머리 오크에게 건넸다.

"북부 군단의 작전 계획서입니다."

"좋군."

"어… 어……."

성주는 차마 말을 할 수 없었다.

몬스터인 오크가 인간의 언어를 하고 인간의 글을 읽고 있었다. 그저 읽는 것이 아니라 글자를 완벽하게 이해하면서 말이다. 작전 계획서를 받아든 우두머리 오크는 고개를 끄덕이며 작전 계획서를 빠르게 읽어 내렸다.

"우리가 알고 있는 상황과는 조금 다르군."

"많이 다릅니다. 좋은 의미로 말입니다."

"인간은… 아직까지 우리에 대해 너무 모르니까."

"당연합니다."

"생각보다 빠르게 북부를 정리할 수 있을 것 같군."

"그렇습니다."

우두머리 오크.

그는 다름 아닌 회색 오크 일족의 대족장이자 몬스터 군단의 최고 사령관인 드렉타스였다. 그리고 주술을 이용하여 비밀 금고를 찾아낸 이는 그의 심복인 골쿤이었다.

"좋다. 각 부대에 전해."

"하명을."

"빠르게 마무리 지어 북부를 점령하라고."

"명을 따릅니다."

명령을 완전하게 마친 드렉타스는 여전히 현실을 이해하지 못한 성주를 바라보며 입을 열었다.

"살려주지."

"……."

왜 살려주느냐 묻지 못했다.

"가서 전해라. 오크족이 인간에게 지난날의 혈채를 받기 위해 왔다고 말이다."

그리고 돌아섰다.

그에 침실 내에 가득 채웠던 오크들이 썰물처럼 빠져나갔다.

성주는 아무도 없는 침실에서 입을 벌린 채 멍하게 허공을 응시할 뿐이었다. 뭐가 어떻게 돌아가는지 모를 일이었다. 이것은 분명 기습이었다. 그런데 오크들은 기습을 정면 대결로 바꾸려고 하고 있었다.

그에 성주는 살짝 냉소를 떠올렸다.

"멍… 청한 새끼들."

그냥 기습을 연속했으면 북부는 순식간에 그들의 손에 떨어졌을 것이다. 그런데 그 기습의 이점을 버리고 전면전을 하려 하고 있었다. 그래서 멍청한 놈들이라고 생각했다. 그러다 성주는 흠칫 어깨를 떨었다.

어느새 그는 오크들을 인간과 어깨를 나란히 하는 하나의 종족으로 인정하고 있는 것이었다. 몬스터가 아닌 종족 말이다.

"무… 섭군."

무서웠다.

단 한 번.

단 한 번을 봤을 뿐이었다.

물론, 이것은 자신에게 한정된 것이다. 몬스터들, 아니 오크들의 수는 많았다. 인간의 수보다 말이다. 왜냐하면 그들은 타고난 전사들이었기 때문이었다. 하다못해 태어난 지 1년도 안 된 어린 오크들조차 성인을 가볍게 다룰 정도니, 말해 무엇할까?

그런 오크들이 지성을 갖추게 되었다.

그렇다면 과연 그들이 이곳만 공격했을까?

거기까지 생각이 미친 성주는 전신을 부르르 떨었다. 그러면서 힘겹게 자리에서 일어났다.

"알… 려야 한다. 알려야… 해."

그는 침실을 벗어났고, 미친 듯이 북부군의 사령부가 있는 곳으로 달려가기 시작했다. 그리고 그 모습을 지켜보고 있는 날카로운 눈동자들이 있었다.

"생각대로군."

"방법이 없었을 것입니다."

"그래, 그렇겠지. 인간이란 자신들이 보고 싶은 것만 보고 믿고 싶은 것만 믿는 존재니까."

드렉타스의 입에서 나직하게 으르렁거림이 흘러나왔다. 그에 골쿤 역시 고개를 끄덕이며 입을 열었다.

"하나, 주의해야 합니다. 인간이 중간계를 지배한 것은 결코 숫자에만 있지 않기 때문입니다."

"물론! 각성한 우리 오크들은 그리 어리석지 않다."

골쿤은 드렉타스의 말에 송곳니를 드러내며 웃었다. 그러다 문득 블러드 호문클루스가 있는 곳에 시선을 두고 나직하게 입을 열었다.

"상당한 실력자들입니다."

"그렇군."

드렉타스 역시 골쿤이 무슨 말을 하는지 알고 있었다. 그래서 동의를 했다. 동의를 한다 해서 그들을 인정하는 것은 아니었다. 다만, 그들을 어떻게 이용할까를 염두에 두고 있을 뿐이었다.

"하지만 결국 승리하는 것은 우리 오크족이 될 것이다."

"물론입니다."

골쿤이 그의 말에 동의했다.

"다른 곳의 상황은 어떤가?"

"작전대로 흘러가고 있습니다."

"좋군. 다시 진격한다."

기습을 했다. 그리고 자신들의 존재를 알렸다.

다 죽일 수 있었으나 한두 명을 살려 정보를 흘리고 전면전을 알렸다. 하지만 그렇다고 해서 안주할 생각은 없었다. 목숨을 구걸하여 살아난 자들이 북부 사령부에 도착하기까지는 시간이 많이 남아 있었다.

그동안 오크들은 질주할 것이다.

앞을 가로막는 모든 것을 제거하면서 말이다.

　　　　*　　　　*　　　　*

엘모어 가이트란 후작.

제이니스 제국 북부 방면 동부군 사령관.

그는 지금 자신의 앞에 놓인 보고서를 뚫어져라 바라보고 있었다. 그의 주변에는 작전 참모 제이지 카스트로 백작, 정보 참모 헤르만 고다드 백작, 인사 참모 해밀턴 크라수스 백작, 군수 참모 브랜든 칼라힐 백작.

그리고 주요 지휘관들이 자리하고 있었다. 또한, 평소와는 전혀 다르게 차분하게 가라앉은 분위기였다.

"이게… 정말 사실인가?"

"그렇습니다."

"허어~"

가이트란 후작은 헛바람을 일으켰다. 그의 앞에 놓인 보고서에는 지금까지 단 한 번도 없었던 역대급 몬스터 웨이브에 대한 보고였다. 그런데 한 가지 특이한 사항이 있었으니 평소 어울리지 않은 몬스터가 함께 진군해 오고 있다는 것이다.

그리고 말미에 자리하고 있는 '조직적'이라는 보고까지.

사실 가이트란 후작은 보고서를 읽어보기는 했지만 이것을 어디까지 믿어야 할지 모를 일이었다. 하지만 믿고 안 믿고를 떠나 정작 중요한 것은 북부를 구성하고 있는 서부, 중부, 동부에 전면적으로 몬스터 웨이브가 일어나고 있다는 것이었다.

조직적이든 뭐든 간에 일단은 그 몬스터 웨이브를 막는 것이 중요했다.

"보고는?"

"올렸습니다."

"전군 상황은?"

"대비를 마쳤습니다."

"웨이브에 대한 저지선은?"

그에 카스트로 백작이 자리에서 일어나 회의 석상 앞에 만들어진 지도를 좌에서 일어나 주욱 그으며 입을 열었다.

"로워 레드레이크에서 둘루스까지입니다."

"흐음. 그랜드 폴크 평원에서 저들을 막자는 말인가?"

"그렇습니다."

"몬스터들의 규모는?"

딱히 반대를 하지 않았다.

그랜드 폴크 평원은 로워 레드레이크와 둘루스를 좌우를 자물쇠처럼 되어 있고, 안으로 끌어 들여 몬스터들을 좌우에서 채워버리면 단번에 일망타진할 수 있는 형상이었기 때문이었다.

"50만 정도로 추측됩니다."

"50만? 추측?"

"그렇습니다."

"그렇게 많지 않은 것 같은데?"

"그… 동부만입니다."

"……."

작전 참모의 말에 가이트란 후작은 잠시 입을 닫을 수밖에 없었다. 보통 몬스터 웨이브라 하면 북부 전선 전체에 100만 정도였다. 그런데 북부 전선 중 자신이 담당하는 동부군 지역에만 50만이라면 최소 150만이라는 추산이 나온다.

그러니 입을 닫을 수밖에 없었다. 그가 착각을 한 이유는 바로 보고서가 올라오면 반드시 세 지역의 사령부와 통신을 해 상황을 전파하기 때문이었다. 특히나 지금과 같은 역대급의 대규모 몬스터 웨이브라면 말이다.

"만… 만치 않군."

"북부 사령부에 원조를 요청해야 할지도 모를 일입니다."

"아니, 그건 너무 이르지."

"하지만 이번 몬스터 웨이브는 조금 다릅니다."

"다른 군 사령부는 어떤가?"

"그건……."

"그들보다 약세를 보일 수는 없지."

"알… 겠습니다."

결국 작전 참모는 물러설 수밖에 없었다. 어쨌든 자신은 참모로서 조언을 해주고 정보를 분석해 종합적으로 조언을 해주는 역할이다. 그리고 모든 정보를 종합한 후 최종적인 결정을 하는 것은 역시 사령관이다.

"그렇게 알고 준비를 하도록 하게."

"그러면 그랜드 폴크 평원으로 끌어 들이는 것입니까?"

"그래야겠지."

결국 결정이 되었다.

하지만 그들은 지금 잊고 있는 것이 있었다. 바로 몬스터들이 '조직적'이었다는 보고 내용이었다. 보고 와중에 축소된 것인지 아니면 전혀 실감하지 못한 것인지 그들의 머리에는 '조직적'이라는 말이 삭제되어 있었다.

그도 그럴 수밖에 없는 것이 살아서 돌아온 자들은 대부분 불명예스러운 존재가 되어 있었기 때문이었다. 몬스터 웨이브가 없었던 것도 아니고 아무리 그 수가 많다 하더라도 일방적으로 두드려 맞고 도망 오다니.

그것은 말도 안 되는 일이었다. 옥쇄는 아니어도 최소한 그들에게 타격을 주거나 혹은 상당한 수의 병력을 대동해야만 했다. 그런데 그들은 제대로 복장도 갖추지 못한 채 마치 미친 놈처럼 해서 도망 온 것이었다.

같은 귀족이라 할지라도 그것은 절대 용납할 수 없는 사항이었다. 살아서 보고를 한 귀족들은 한결같이 횡설수설했다. 물론, 그것은 받아들이는 입장에서였다. 그들의 말을 들어보면 이건 몬스터가 아니라 유사 인종이라 해도 과언이 아니었다.

2미터가 넘어가는 체구에 인간의 언어를 자유자재로 구사하고, 계략을 꾸몄으며, 기습을 했고, 마법으로 감춰져 있는 비밀 금고를 찾아내 기사들조차 쉽게 읽지 못하는 문서를 자연스럽게 읽었다는 증언.

녹이 슬고 여기저기 부식된 무기를 든, 혹은 낡디낡은 방어구를 대충 걸친 그런 몬스터가 아닌 날카롭게 벼려져 있고, 잘 다듬어진 방어구를 착용했다? 도대체 그 말을 어떻게 믿으란 말인가.

하지만 중요한 것은 도망 온 성주들 대부분이 그렇게 말을 했다는 것이 중요했다. 하지만 그 말은 받아들여지지 않았다. 있을 수 없는 일이기 때문이었다. 그들은 도망 온 성주들이 그저 자신들의 잘못을 감추기 위해서 허위로 진술한 것이라 생각할 뿐이었다.

작전 참모 역시 마찬가지였다. 그도 심정적으로는 그 말에 동의했다. 하지만 드러난 현상은 그렇지 않았다. 그래서 조금은 꺼림칙했다. 그럴 수밖에 없는 것이 대부분의 패배자들이 그렇게 말을 했다는 것이다.

그냥 아무렇지도 않게 지나가기에는 그들의 증언은 마치 짜 맞춘 듯 들어맞았다. 그래서 결정이 내려진 지금도 마음한 구석에서는 애써 부정하고는 있지만 알 수 없는 불안감이 스멀스멀 솟아오르고 있었다.

'아무 일 없을 것이다. 그냥 평소보다 조금 많은 수의 몬스터들일 뿐이다.'

그렇게 생각했다.

이것은 단지 그만의 생각이 아닐 것이다. 모두가 그럴 것이다. 그들의 생각에는 절대 몬스터는 변하지 않는다. 변했다면 몬스터가 아니라 유사 인종이었을 테니까. 호족이나 엘프 혹은 드워프와 같이 살아가는 그런 유사 인종 말이다.

＊　　　＊　　　＊

"어떤가?"

"모든 것이 순조롭습니다."

"그렇겠지. 인간이란 그런 존재니까. 하지만 방심하면 안 된다. 우리에게 전사들이 많다고 하지만 인간들 역시 전사들이 많으니 말이다."

"방심하지 않습니다. 하지만 그렇다 해도 우리는 반드시 승리할 것입니다."

"그래, 그렇지. 그래야 위대한 오크 전사지."

"크르르."

나직한 대화를 주고받는 오크 둘.

그 둘 뒤로 헤아릴 수 없을 정도의 오크들과 몬스터들이 서 있었다. 고블린이 있었고, 트롤이 있었으며, 오거가 있었다. 또한, 말보다 거대한 다이어 울프 위에 당당하게 앉아 있는 이들도 있었다.

모든 몬스터의 집합소와 같은 모습. 그런 그들이 전면을 바라봤다. 우측에 거대한 붉은 빛의 호수가 있었고, 좌측에는 깎아지르듯 높은 거대한 절벽이 서 있었다. 그리고 그들이 바라보는 전면에는 풍요의 대지.

인간의 지명으로는 그랜드 폴크 평원이 있었다. 인간들이 대응하기 전에 이미 오크들은 북부의 외곽을 쓸어버린 후 이곳까지 도착한 것이었다.

"전진!"

나직하게 으르렁거리는 오크의 울림에 몬스터들은 소리를

질렀다.

"크와아아악!"

"우어어엉!"

이 중 오크만이 몬스터가 아니었다. 오거나 트롤 혹은 고블린까지 모두 몬스터였다. 오크들보다 엄청난 수의 몬스터들. 하지만 그들은 오크들에 의해 다스려지고 있었다. 몬스터들은 오크들의 외침에 미친 듯이 내달리기 시작했다.

두두두두!

대지가 진동하기 시작했다.

"화, 활을 쏴라! 활을 쏘란 말이다."

이미 몬스터들의 접근과 사령부로부터 명령을 받은 터라 부랴부랴 수성 준비를 한 후였다. 그래서 밤낮으로 영지민을 닦달해 토성을 쌓고 방어할 수 있는 각종 장애물을 설치했다. 그렇게 연결된 것이 거대한 둑처럼 보이고 있었다.

구불구불하게 연결된 거대한 토성들.

그 토성 안에는 적든 많은 병사들과 반 강제적으로 소환된 전쟁 용병들, 그리고 영지민들이 있었다. 그들은 압도적으로 밀려오는 몬스터들을 보고 얼굴이 하얗게 질린 채 긴장해 있었다. 그런 그들을 지휘하는 기사가 지레 겁을 먹고 악다구니를 쳤다.

그에 노련한 용병은 나직하게 한숨을 내쉴 뿐이었다.

"아직 사거리 밖입니다."

"가, 감히……."

"진정 좀 하시지요. 지금 쏘면 사거리 내에 몬스터가 왔을 때 아무것도 할 수 없습니다."

"그……."

그제야 자신의 추태를 깨달은 기사.

"귀관은……."

"용병 백인대장 마틴입니다."

"으음, 고맙군."

하지만 그의 얼굴은 고맙다는 얼굴이 아니었다. 감히 어디 서 용병 백인대장 정도 되는 놈이 지휘관의 말을 가로막느냐 는 그런 표정이었다. 그가 이런 말을 한 이유는 주변에 보는 눈이 너무 많았기 때문이었다.

"자리로 돌아가도록."

"제가 지켜야 곳이 이곳입니다만."

"큼, 크음… 알겠다. 수고하도록."

연신 헛기침을 해대며 자리를 떠나는 지휘관. 그런 기사를 바라보며 마틴의 옆에 있던 용병이 입을 열었다.

"어째 좀 이상하지 않습니까?"

"뭐가?"

"아니 아무리 경험이 없다고는 하지만 저렇게 멀리 있는데 활을 쏘라니 말이 안 되지 않습니까?"

"그렇기는 한데……."

심증은 있었다.

마틴은 들은 적 있었다. 오크들에게는 드물게 주술사라는 존재가 태어난다는 것을 말이다. 마치 홉 고블린처럼 말이다. 그리고 홉 고블린처럼 정신 조작을 한다는 것을 들은 적 있었다.

'아니, 아니. 말도 안 되는 억측이다.'

하지만 이내 고개를 저었다.

눈으로 보지도 않았고, 그저 뜬소문에 불과할 뿐이라고 치부했다. 아직까지 그런 오크 주술사를 봤다는 놈도 들어보지 못했기 때문이었다. 하지만 분명 뭔가 있기는 있었다.

"여튼 준비해."

"알겠습니다."

"여차하면 도망갈 준비도 하고."

"그건……."

"여기서 죽으면 아무것도 못 받아. 죽어도 본부로 가서 죽어."

"그야 뭐……."

"준비!"

그때 갑작스럽게 마틴이 외쳤다. 그에 용병은 퍼뜩 시선을 돌려 전방을 바라봤다.

"언제……."

빨랐다.

말로 형언할 수조차 없을 정도로 빠르게 몬스터들이 들이닥치고 있었다. 그 선두에는 다이어 울프 위에 올라탄 오크들이 있었다. 오크들이 다이어 울프를 길들였다는 말은 들어본 적 없지만 눈앞의 현실이 그랬다.

"쏴!"

마틴의 말에 맞춰 화살을 쐈다.

쉬시시싯!

허공을 가르며 수백 발의 화살이 날아갔다.

하지만 그들은 두 눈을 부릅뜨고 전방을 바라볼 수밖에 없었다.

수백 발의 화살은 몬스터들에게 아무런 해도 끼치지 못한 것이었다. 최소한 어디 한 군데 생채기나 혹은 가죽을 뚫을 것이라고 생각했다.

그런데 아니었다.

그 이유는 바로.

"플… 레이트 메일인가?"

"그런… 것 같은데요?"

"아무래도 이거……."

말을 흐리는 마틴.

그에 용병들이 슬쩍 뒤를 바라봤다. 이미 그들의 생존 본능에 의해 도망칠 구멍을 찾아보고 있는 것이었다. 그것은 급하게 모병된 병사들 역시 마찬가지였다. 다만, 전방을 노려보고 있는 기사들을 제외하고는 말이다.

"전원 전투 준비!"

그때 하얗게 질린 지휘관의 음성이 들려왔다. 외치기는 했지만 그 목소리는 잔뜩 겁에 질려 있었다. 그 말을 한 이후 지휘관은 사라지고 능숙한 기사 한 명이 앞으로 나섰는데 보기에도 전장 경험이 많은 노기사였다.

그는 전방을 바라봤다.

참으로 믿음직스러운 모습이다.

그가 외쳤다.

"버티기만 하면 된다."

그것이 하나의 희망이라 할 수 있었다. 나가서 싸우지 않고, 그저 막기만 하면 되었다. 몬스터들이 아무리 많다 해도 어차피 넓게 퍼질 수밖에 없으니 분담이 되는 것이고, 나가서 싸우지 않고 토성에 의지해 싸우며 위에서 아래로 공격하니 당연히 월등한 이점과 생존성이 보장된다.

그것을 노린 노기사의 말에 신병들은 힘을 내본다. 용병들 역시 마찬가지였다. 토성이 연결되어 있다고는 하지만 완벽하게 연결된 것이 아니고 5킬로미터 간격으로 거리를 두고 있었다. 그렇게만 해도 전체적으로 연결되어 있다고 보는 것이 맞을지도 몰랐다.

어쨌든 버티기만 하라는 말에 희망을 가져보는 병사들이었다.

"우워어엉!"

쿠드드드득!

"으아아악!"

"따, 땅 밑이다."

"그, 그레이트 웜!"

"피, 피해. 피하란 말이다!"

"물러나, 물러나!"

"화살을 쏴라!"

"물러나지 마라! 장창병은 장창 앞으로."

"버텨! 버티란 말이다."

갑작스럽게 땅이 뒤집어지며 거대한 무언가가 튀어 나왔다. 거의 10미터에 이르는 오로지 이빨만이 존재하는 거대한 그레이트 웜이 모습을 드러내 순식간에 토성을 무너뜨리고 수십의 병사들과 기사들을 집어삼켰다.

당황하는 기사들과 용병들.

그때.

다시 땅이 울리기 시작했다.

"어, 어……."

쿠드드드득!

"크아아악!"

땅속에서 무언가 튀어 올랐고, 지휘를 하고 있던 노기사가 하늘로 치솟아 올랐다. 거대한 집게가 노기사의 허리를 잡고 있었고, 이내 잔인한 소리가 들려왔다.

퍼억!

노기사의 허리가 통째로 잘려 나갔다.

후드드드득!

노기사의 핏물이 사방으로 떨어져 내렸다. 비명조차 없었다. 그에 기사들과 병사, 그리고 용병들은 공황 상태가 되어 멍하게 그 모습을 지켜보았다. 그들의 눈앞에 보이는 것은 거대한 포레스트 스콜피온이었다.

독성은 없었다.

다만, 지독히도 단단한 껍질과 무엇이든 잘라 버리는 거대한 집게가 특징이었다. 그런 포레스트 스콜피온이 한 마리도 아니고 무려 열 마리나 모습을 드러내고 있었다. 그때 용병 백인대장 마틴이 전면을 바라봤을 때.

다이어 울프에 올라탄 오크들은 진군을 멈추고 있었다.

'웃어?'

그랬다.

오크들은 웃고 있었다.

그제야 용병 백인대장 마틴은 자신들이 당했다는 것을 깨달았다. 50만이라는 무지막지한 수. 인간들은 겁을 먹기에 충분했고, 그것은 곧바로 판단 착오로 이뤄져 있었다. 집중이 아닌 분산을 택했기 때문이었다.

인간들은 몬스터라고 하면 언제나 육상 몬스터만 생각했다. 하지만 오크들은 육상 몬스터만 통합한 것이 아니었다. 공중 몬스터와 지하 몬스터까지 모두 통합했다. 그들에게는 주술사가 있었으니까 말이다.

'아뿔싸!'

마틴은 지금에서야 깨닫기에는 너무나도 늦었다.

수십 마리의 자이언트 웜과 포레스트 스콜피온.

그것만으로 토성을 허물고 수백의 방어 부대를 전멸시키기에 충분했다.

CHAPTER 7

전쟁의 시작 Ⅱ

"뚫렸습니다."

"뚫려?"

카스트로 백작의 보고에 눈살을 찌푸리며 되묻는 가이트란 후작.

"어떻게?"

"조직적입니다."

"조직적?"

카스트로 백작의 말에 그제야 조직적이라는 말을 다시 되묻는 가이트란 후작이었다. 최초의 보고 역시 조직적이라는 단어가 쓰였다는 것을 기억해 낸 것이다.

'그리고 인간의 언어를 하고 우리의 글을 능숙하게 읽는다고 했다.'

생각이 달라졌다.

지금까지 단 한 번도 뚫린 적 없는 토성의 벽이 무너졌다. 토성을 연결시킬 수 있었던 이유는 항상 몬스터 웨이브를 대비해서 준비하고 있었기 때문이었다. 그런데 그런 견고한 토성의 벽이 무너진 것이었다.

그것도 단 며칠 만에 말이다.

'불과 이틀이라니……'

말이야 며칠이라고 했지만 실제는 단 이틀 만에 토성의 벽이 무너졌다. 물론, 무너진 것은 제1 토성의 벽일 뿐이었다. 하지만 그것조차도 굉장히 이례적인 일이라 할 수 있었다. 실질적인 몬스터 웨이브와 중앙 귀족들이 알고 있는 몬스터 웨이브는 살짝 달랐으니까.

축소된 보고를 올리기도 하고 정치 상황에 따라 일부러 몬스터 웨이브를 일으키기도 하며, 혹은 제국민들에게 공포를 주기 위해 전선을 물리기도 했다. 그래서 이번에도 그리 걱정은 하지 않았다.

제국의 전력은 몬스터가 백만이든 2백만이든 상관없이 언제나 강했으니까 말이다. 과거에도 강했고, 지금도 강했으며,

앞으로도 강할 것이다. 그리고 그동안 끊임없이 대립했던 시베리아 제국의 동향 역시 최근 들어 잠잠하니 제국의 힘을 온전하게 쓸 수 있었다.

그래서 걱정하지 않았다. 언제든지 몬스터 웨이브를 막아 낼 수 있다고 생각했으니까 말이다. 그런데 변수가 생겼다. 처음엔 가볍게 무시했지만 이제는 더 이상 무시할 수 없게 되었다. 살짝 골치가 아파오는 것 같은 느낌이 들었다.

그에 가이트란 후작은 검지로 가볍게 관자놀이를 누르며 입을 열었다.

"어떻게 해야 할까?"

"……."

그에 입을 닫는 카스트로 백작이었다. 그런 그를 보며 살짝 한숨을 내쉬며 가이트란 후작이 입을 열었다.

"정치는 내가 할 테니까 걱정하지 말고."

"그렇다면 말씀드리겠습니다."

"자네는 다 좋은데 정치적인 감각이 너무 없어."

그에 쓴 웃음을 지으며 카스트로 백작이 입을 열었다.

"기회일 수도, 위기일 수도 있습니다."

"기회와 위기라… 들어보도록 하지."

"일단 몬스터들이 과거와 달라졌습니다."

"말을 하고 조직적으로 변했다는 것 때문에 그런가?"

"말을 할 수 있고, 글을 읽을 수 있다는 것은 이미 한 종족으로 인정해도 과언이 아닐 것입니다."

"하나의 종족?"

"이번 몬스터 웨이브의 중심에는 오크가 있습니다."

"그렇다고 했지."

"그리고 그들이 바로 글을 읽고, 말을 할 수 있습니다."

"그렇다는 것은……."

"그들을 제외하고는 여전히 몬스터라는 것입니다."

"그렇지. 그렇다는 것은 바로 중심이 되는 오크들만 제거한다면 그리 어렵지 않게 이 웨이브를 막아낼 수 있다는 말이 되겠군."

"물론 그렇습니다만… 그것이 쉬울 리는 없을 겁니다."

"그… 런가?"

카스트로 백작의 말에 턱을 쓰다듬으며 생각에 잠기는 가이트란 후작. 그는 카스트로 백작의 말을 들으면서 마치 인간들의 군대를 대하는 것 같은 느낌이 들었다.

'생각을 바꿔야 한다.'

그래야만 했다.

하지만 아직도 믿을 수는 없었다. 한참 그렇게 생각에 잠겨 있을 즈음 문을 열고 들어오는 자가 있었다.

"부르셨소."

이 동부 지역에서 동부군 사령관을 이렇게 부를 수 있는 자는 단 한 명밖에 없었다. 바로 용병 만인대장이었다.

"왔으면 와서 앉아. 그렇게 서 있지 말고."

"알았소."

그러면서 가이트란 후작의 앞으로 와 의자를 끌어당겨 앉는 용병 만인대장. 그는 슬쩍 작전 참모인 카스트로 백작을 보며 슬쩍 고개를 숙이며 아는 체를 했다.

"오랜만이오."

"그렇군."

아무리 용병 만인대장이라고는 하지만 신분의 벽을 뛰어넘을 수는 없는 법이었다. 둘의 간단한 대화에 있어 용병 만인대장은 껄렁하기는 하지만 분명히 경어를 사용하고 있었다. 직위의 높고 낮음은 상관없었다.

오로지 용병과 귀족의 차이였다. 그리고 용병 만인대장은 딱히 그런 그들의 행동에 반감을 가지지 않는 것처럼 보였다. 왜냐하면 언제나 겪어왔던 일이니 그저 당연하게 받아들여지고 있는 것이었다.

"바쁘신 분이 무슨 일로 날 불렀소."

"소식을 들었을 게야."

"크음… 들었소."

"아무래도 용병들이 필요해."

"끄응… 그건……."

용병들이 필요하다는 말.

그 말은 곧 화살받이가 필요하다는 말이었다. 바로 병력을 모으기 위한 시간 벌기용으로 말이다. 말이 쉽지 실제 용병들을 이끄는 만인대장으로서는 그리 쉽지 않은 일임에는 분명했다. 그런 용병 만인대장을 보며 미묘하게 입꼬리를 말아 올린 가이트란 후작이 입을 열었다.

"남작 정도면 되려나?"

"그건……."

"영지까지 주지."

"……."

그에 말없이 고민에 찬 얼굴을 해보이는 용병 만인대장이었다. 작위만 받는 것이 아니라 영지까지 받는다. 그 말은 바로 승계 가능한 작위를 준다는 말과 동일했다. 어쩌면 정식 귀족이라고 봐도 무방했다.

"부담이 좀 있소."

"부담? 부담이라… 무슨?"

"후방에서 용병왕이라 칭하는 자가 나왔다고 하오."

"용병왕? 하!"

용병왕이라는 말에 코웃음을 치는 가이트란 후작이었다.

"그런데 그것이 문제가 되나?"

"문제가 많이 되오."

"뭐가 문제지?"

"그를 중심으로 용병들이 모여든다는 것이오."

"흠… 그를 중심으로 용병들이 모여든다고?"

"그렇소. 이미 후방에 있던 세 개의 용병 마을이 해체되었고, 용병들은 용병왕이 있는 플랑드로 몰려들고 있다고 하오."

"흐음, 그런데?"

"그 용병왕이 이런 말을 했다고 하오."

"무슨 말?"

"용병은 화살받이가 아니라고 말이오."

"허어~"

용병 만인대장의 말에 가이트란 후작은 헛바람을 일으켰다. 그 말은 실로 많은 의미를 내포하고 있었다. 그 첫 번째는 바로 귀족들이나 에퀘스의 성역 또는 바벨의 탑에 의해 좌지우지되지 않겠다는 말을 의미했다.

그것은 용병 스스로 자족적으로 행동하겠다는 말이기도 했다. 그 첫 번째의 의미에 무게를 둔 가이트란 후작은 눈살을 찌푸릴 수밖에 없었다. 그것은 용병들이 자신들의 손아귀에서 벗어나 독자적인 노선을 걷겠다고 발언하는 것과 다르지 않았다.

'그래서 그런 명령이 내려왔던가?'

그런 명령이란 바로 빠르게 몬스터 웨이브를 정리하라는 명령이었다. 어떤 정치적 노림수도 없이 말이다. 그 이유는 중앙에서 용병왕이 나타나 스스로 독자적인 길을 걷겠다는 것에 대해 일벌백계의 처벌을 내리기로 작정한 것 같았기 때문이었다.

용병왕이라는 단어 하나로 모든 상황이 추론 가능해졌다. 실제 그들과 별 상관없이 휘하에 용병 만인대를 거느리고 있는 동부군 총사령관인 자신조차도 불쾌한 감정을 감출 수 없는데, 그들을 이용해 상당한 이득을 보고 있는 중앙 귀족이라면 어떠할까?

당장에라도 괘씸해할 것이다.

오냐오냐하니까 주인을 물려 하는 개새끼로 보일 것이다.

인간 취급도 아닌 개새끼 취급을 받는 놈들이 자신의 손아귀를 벗어나려 하니 귀족들이 보일 수 있는 반응은 정해져 있었다.

'바로 죽도록 패는 거지. 써먹어야 할 테니 죽이지는 않고 말이지.'

그러기 위해서는 병력이 필요할 것이다. 그리고 병력을 빼낼 수 있는 곳이 어디에 있을까? 중앙군을 빼기는 어려울 것이다. 황제파의 눈에서 벗어난 곳에서 병력을 빼내는 것이 맞을 것이다.

'어떤 명목으로든 전방의 단련된 병력을 빼내 일거에 쓸어 본때를 보여주려 하겠지.'

그런데 변수가 생겼다.

바로 갑작스러운 몬스터 웨이브였다.

원래 몬스터 웨이브 시기가 아님에도 불구하고 몬스터 웨이브가 발생했으니 그들은 조금 시기를 늦추게 되었고, 최대한 빨리 몬스터 웨이브를 끝내라는 명령을 내린 것이었다. 그리고 그 이전에 다른 계략을 획책할 것이다.

가령 용병들에게 소문을 내 사분오열하게 만든다든지, 혹은 에퀘스의 성역이나 바벨의 탑의 기사들과 마법사들의 의견을 모아 그들로부터 압력을 행사하는 방식이다. 어차피 용병이란 전쟁 말고는 상단 호위 혹은 몬스터 토벌전, 영지전 등이 가장 큰 수익원이니 말이다.

그리고 지금과 같은 시기라면 가장 큰 돈벌이가 바로 상단 호위와 같은 것일 게다. 그런데 그런 상단 호위의 가장 큰손이라 할 수 있는 에퀘스의 성역이나 바벨의 탑이 그들에게 호위를 맡기지 않는다면 어떻게 될까?

용병들은 필히 분열할 것이다. 지금까지 그렇게 해왔던 것처럼 말이다. 그러기 위해서는 필수적으로 갑작스럽게 일어난 이번 몬스터 웨이브를 빠르게 종결시켜야만 했다. 그런데 여기서 또다른 문제가 하나 발생했다.

귀족들이 전혀 예상치 못한 문제.

바로 이 몬스터 웨이브가 자연적으로 일어난 것이 아니라는 것이다. 먹이가 모자라고 개체 수를 줄이기 위한 웨이브가아닌 전혀 상상조차 할 수 없는 존재인 오크에 의해서 몬스터들이 통합되고 몬스터들이 그들에 의해 조직적으로 전쟁을수행한다는 것이 그들이 예상치 못한 사건의 전개였다.

그것은 당사자인 가이트란 후작 역시 마찬가지였다. 그는지금의 상황이 매우 당혹스러웠다. 갑자기 튀어 나온 오크라는 존재와 용병왕이라는 존재 때문이었다.

'공교롭군.'

정말 공교로웠다.

전방에서는 오크에 의해 통합된 몬스터들이 조직적으로 전투를 수행하고 있었고, 후방에서는 용병들의 구심점이라고 하던 세 개의 용병 마을이 해체되었으며, 다시 용병왕이라는 한존재에 의해 용병들이 통합되어 가고 있었으니까 말이다.

아무리 생각해도 결론을 내릴 수 없었다. 가이트란 후작은슬쩍 용병 만인대장을 바라봤다. 하지만 이내 용병 만인대장의 속셈을 알 수 있었다. 용병왕이라는 자는 분명 존재할 것이다. 그래야 상황이 맞아 들어가니까.

하지만 그 역시 용병왕이라는 자에 대해 그리 크게 비중을두고 있는 것 같지는 않았다. 그가 원하는 것은 자신에게서 조금 더 무언가를 뜯어내기 위해서라는 것을 알 수 있었다.

"자작이면 되겠나?"

그러면서 무심하게 찻잔을 들어 올리는 가이트란 후작.

"그것이……."

"욕심내지 않는 게 좋을 게야."

가이트란 후작의 말에 눈을 살짝 뜨는 만인대장. 사실 그도 용병왕이라는 존재를 몰랐다. 그저 만인대를 자주 들르던 전쟁상인이 해준 말을 들었을 뿐이었다. 그리고 그 정도라면 특별한 존재가 아니라고 생각했다.

진짜 용병왕이고 용병들을 휘어잡은 용병왕이라면 그의 입김이 이곳까지 도달했을 테니까. 하지만 전쟁상인을 제외하고는 용병왕이란 말을 들은 용병들은 극소수라 할 수 있었다. 그래서 그냥 한 귀로 듣고 한 귀로 흘려 버렸다.

그런데 동부군 사령관이 화살받이를 요구하며 대가를 주려 한다. 그리고 그 대가라는 것이 결코 만만치 않았다. 몬스터 웨이브에 용병들을 화살받이로, 즉 시간을 벌기 위한 것으로 사용한다면 생각보다 심각하다는 것을 의미했으니까 말이다.

"크음, 그러면……."

그때 무언가 자신의 앞에 있는 양피지에 슥슥 써내려 가는 가이트란 후작. 그리고 마지막으로 자신의 인장을 찍은 후 둘둘 말아 용병 만인대장에게 건넸다. 그에 용병 만인대장은 그것을 받아들어 펼쳐 봤다.

귀족 증명서였다.

후작 정도 되면 백작까지는 아니어도 자작 정도는 임명할 수 있었다. 물론, 가신이라는 전제가 붙기는 하지만 말이다.

"이번 일이 잘 마무리되면 독립시켜 주지."

"알겠… 소."

이렇게까지 하는데 할 수 없다고 버티는 것이 더 이상했다. 그리고 평소 가이트란 후작과는 서로 주고받는 사이이다 보니 오히려 이것이 더 자연스러울 수밖에 없었다.

"언제까지 하면 되겠소?"

가이트란 후작이 준 귀족 증명서를 품속으로 갈무리하면서 용병 만인대장이 물었다.

"빠르면 빠를수록 좋아."

"어디로 가야 하오?"

"제2 토성의 벽."

"거긴……."

알려지기에 통곡의 벽이라 칭해지는 곳.

제1 토성의 벽은 시간의 지체를 의미한다. 하지만 제2 토성의 벽은 시간의 지체도 지체지만 목숨을 걸어야만 했다. 왜냐하면 제2 토성의 벽을 지나면 곧바로 제국의 영토라고 해도 과언이 아니었기 때문이었다.

그곳부터는 제국민이 살고 있었다.

제1 토성의 벽과 제2 토성의 벽 사이에는 무수히 많은 대인 혹은 대몬스터 방어 시설이 존재했다. 그러하기에 말이 제2 토성의 벽이지, 목숨을 걸고 지켜내야만 하는 곳이 바로 제2 토성의 벽이었다.

그런데 그런 제2 토성의 벽에서 시간을 벌어라 하고 있었다. 그 말은 절대 쉽지 않을 것이라는 말과 상통한 말이기도 했다. 어쩌면 미끼일 수도 있었다.

물론, 이것은 자신의 책임이 되지 않을 것이다. 그 이유는 바로 자신은 만인대장이지, 동부군 사령관이 아니니까. 그러니까 결국 자신이 용병이기는 했지만 귀족들의 명을 받는 전쟁 용병이라는 것이다. 빠져나갈 구멍이 존재한다는 것을 의미했다.

만인대장 입장에서는 별문제가 되지 않았다. 자신의 품속에는 귀족 증명서가 있었다. 책임을 물어 물러난다 하더라도 자신은 귀족 증명서를 가지고 귀족이 되면 되는 것이었으니까. 이제는 용병이 아니었다.

그래서 더 자신과 상관이 없었다.

사령관실을 나서면서 만인대장은 슬며시 입꼬리를 말아 올렸다. 아무것이나 상관없었다. 어차피 자신은 이번 일을 끝으로 전쟁 용병을 그만둘 생각이었다. 용병왕이니 무엇이니 하는 것은 문제가 되지 않았다.

그런 용병 만인대장의 나가는 뒷모습을 보며 가이트란 후작은 의미심장한 미소를 떠올렸다.

"어때, 이 정도면 시간을 벌 수 있겠지?"

"자작이면 조금 과하지 않습니까?"

"뭐 상관없지 않겠나? 자작도 살아야 자작이지."

"하지만……."

"아, 괜찮아. 용병들이 몬스터들을 막는 동안 조금 더 상황을 파악하도록 하고, 중부와 서부의 사령관과 대화를 해봐야지."

"병력도 충원해야 합니다."

"그래야겠지."

"일단 사령부에 들러야 할 것 같군."

"직접 가시겠습니까?"

"상황이 상황이니만큼 직접 가야겠지. 그러기 위해서 용병들을 제2 토성의 벽으로 보낸 것이고."

"알겠습니다. 그러면 준비토록 하겠습니다."

　

＊　　　＊　　　＊

　

준비는 빠르게 진행되었다. 얼마의 시일이 지나지 않아 북부군 총사령부에는 서부, 중부, 동부의 모든 사령관이 모여들었다.

"공작 각하를 뵙습니다."

"공작 각하는 얼어 죽을, 그냥 사령관 각하라고 해."

"그래도……."

"그래도는 무슨 그래도. 그리고 오늘 안건이 그런 것에 신경쓸 일이 아니지 않나?"

"알… 겠습니다."

딱딱하고 직접적인 북부군 총사령관 레이날드 트로비스 공작의 말에 세 사령관은 입을 닫을 수밖에 없었다. 중앙에서 밀려나기는 했지만 그는 여전히 북부의 제왕이었다. 그 누구도 그의 말을 거스를 수 없음은 당연한 것이었다.

중앙에 황제가 있다면 북부에는 레이날드 트로비스 공작이 있다는 말이 있을 정도니까. 거기에 그의 타고난 성정이 괄괄하고 직설적이어서 그런지 허례허식을 상당히 싫어하는 편이었다. 물론, 그만큼 자존심이 강한 것도 있었다.

그의 그 자존심 때문에 이곳 북방으로 밀려났다는 말도 있을 정도니 말이다. 어쨌든 그런 그가 이례적으로 북부의 사령관들을 불러 모은 것이었다.

"그건 그렇고 상황은 어떤가?"

몰라서 묻는 것은 아니었다. 대화를 이끌어가기 위함이 분명했다.

"그것이……."

서부군 사령관인 맥기드 후작이 말을 흐렸다. 그렇다는 것은 전황이 결코 생각보다 좋지 않다는 것을 의미했다. 그에 트로비스 공작의 얼굴이 미미하게 변했다. 그는 평생 전장에서 살아온 이답게 지금의 상황을 충분히 인식하고 있었다.

그리고 결정적으로 며칠 전 찾아온 자신의 오랜 친구 때문이기도 했다. 그는 잠시 회상에 접어들었다.


일렁이는 촛불.

순간 그는 누군가 자신의 처소를 방문했다는 것을 느끼고 있었다. 그것은 일부러 자신의 방문을 알리는 것 같은 느낌이 들었기 때문이었다.

"누구냐."

트로비스 공작은 묵직한 목소리로 입을 열었다.

후우우우.

대답 대신 무거운 바람이 불어오며 촛불을 흔들리게 만들었다. 트로비스 공작은 얼굴을 굳히면서 자신의 애병인 할버드를 집어 들었다. 그는 따로 무기장에 무기를 두는 것이 아니라 언제나 자신의 곁에 무기를 두었다.

할버드를 집어든 그가 비켜든 채 한 곳을 응시했다. 그가 응시하는 그곳에는 뜨거운 바람이 모여 사방으로 그 뜨거움을 퍼뜨리고 있었다. 그에 트로비스 공작 역시 전신에 마나를 흩뜨려 그 뜨거운 바람을 흘리기 시작했다.

화르르륵!

타다닥!

불길이 일어나면서 집기를 살짝 태우다 사그라졌다. 그 순간 트로비스 공작은 할버드를 내려쳤다.

쿠웅!

"버릇없는 놈이로다. 어디서 주인 있는 방에 들어와 함부로 들쑤시는가?"

"주인장이 별 볼 일 없으니 객이 주인장 행세를 하는구나."

"흥! 감히 본 작의 집에서 헛소리를 하는 잡놈이 있구나. 썩 모습을 드러내거라."

"내가 못 드러낼 것 같으냐?"

화르르륵!

그러면서 불길이 확 퍼지면서 서서히 모습을 드러내는 자. 사방으로 불길이 번지고 있음에도 불구하고 전혀 불에 탄 흔적조차 없는 집기들이었다. 그에 트로비스 공작은 할버드를 비껴들어 앞으로 걸음을 옮겼다.

그에 불길은 더욱더 강렬해졌다. 마치 트로비스 공작을 집어삼킬 듯 강렬해지기 시작했다. 그에 트로비스 공작은 눈살을 찌푸리며 입을 열었다.

"이런 망할 놈의 불귀신 같으니."

"크흐흐. 자존심 빼면 시체인 놈이 별말을 다하는군."

"자존심은 얼어 죽을……."

"크하하하."

그에 불길이 순식간에 터지면서 불똥이 사방으로 튀었다. 트로비스 공작은 그런 불똥을 치울 생각도 하지 않고 무서운 시선으로 전방을 응시했다. 그러다 그의 입가가 움찔거리더니 이내 커다랗게 웃기 시작했다.

"크하하하, 이런 불귀신 같은 놈."

"간이 자존심으로 똘똘 뭉친 놈."

불길이 잦아들면서 그 모습을 드러내니 그는 다름 아닌 플람베르 가문의 가주였다. 둘은 서로를 확인하자 팔을 벌려 얼싸 안았다. 진정으로 반가운 이를 만난 듯이 말이다.

"오랜만이군."

"거죽이 팽팽한 거 보니 살 만한 모양이군."

"나보다 네놈이 더 살 만한 모양이군. 황도를 벗어나서 이런 변방에서 사니 공기가 좋아 살 만하더냐?"

"그러는 네놈은 얼굴은 대체 뭐냐?"

"못 느낀 거냐? 이놈, 이거 놀고먹기만 했군. 옆구리에 붙은 살 좀 봐라."

"이놈아, 늙으면 붙는 나잇살이다."

"네놈이 늙어? 내 살아생전에 오거가 나잇살 붙는다는 말은 처음 듣는다."

"……"

"……"

그러다 둘은 잠시 말문을 닫았고, 이내 커다랗게 앙천광소를 내질렀다.

"크하하하!"

얼마나 반가운 것일까? 둘은 한참 동안 웃다가 이내 자리를 잡고 앉았다.

"무슨 일이냐?"

"그냥 친구 좀 보고 싶어 왔다."

"아니 그것보다 얼굴은 왜 그 꼴이냐?"

트로비스 공작은 더욱더 젊어진 것 같은 플람베르 가주를 바라보며 뚱하게 입을 열었다.

"이미 알고 있는 것 아닌가? 또 다른 경지를 밟은 게지."

"허어~ 전생에 나라를 구한 놈이로군. 누구는 평생 노력해도 겨우 마스터의 경지를 밟는 것조차 힘들거늘, 그새 또 다른 경지에 들어서다니."

"네놈이 게으른 탓이다."

"그럼 이놈아, 세상 모든 사람들이 게으른 것이더냐?"

"그중 네놈이 특히 게으르지."

"허허, 그놈 참. 네놈은 실력이 상승한 것이 아니라 그놈의 구공이 일취월장을 한 게로구나."

"참으로 답답하도다. 어찌 사람들은 사실을 사실대로 말을 하면 그것을 믿지 아니하고 헛소리로 치부하는지 모르겠도다."

"실없는 소리 그만하고. 그 무거운 엉덩이를 직접 움직인 이유가 대체 무언가?"

"오랜 친구를 보러 왔지."

"쓰잘데기 없는 소리. 내가 너를 아는데 말이지."

"역시 속이기 힘든 것인가?"

"차라리 신을 속여라."

"그래, 네놈만큼 나를 잘 아는 놈은 드물지."

"그러니까 빨리 털어놔라. 에퀘스의 성역에 2좌에 속한 플람베르 가문을 이끄는 가주가 직접 움직일 정도의 일이란 것이 대체 뭔지 궁금하기 그지없구나."

트로비스 공작의 말에 플람베르 가주는 지금까지와는 전혀 다른 표정을 지었다. 그에 트로비스 공작 역시 진중한 표정이 되어 플람베르 가주를 응시했다.

"지금부터 내가 하는 말을 절대 믿어야만 한다."

"네놈 말을 믿지 않으면 세상에 믿을 수 있는 말이 어디 있을까?"

"그래, 그렇지. 그러기에 네놈이 지금까지 내 친구로 남아 있는 것이겠지."

"그건 네놈의 성격이 특이해서 그런 거고."

진중한 와중임에도 불구하고 그들의 입은 여전했다. 그러거나 말거나 이런 상황은 이미 익숙하다는 듯이 플람베르 가주가 조용하게 입을 열었다.

"지금 이 세계는 위기에 처해 있다."

"위기?"

"그래."

"뜬금없이 그게 무슨 말인가?"

"그 단적인 예로, 아직 시기가 아님에도 불구하고 대규모의 몬스터 웨이브가 일어난 것이다."

"흐음……"

다른 누구도 아닌 가장 친한 친구이자 플람베르 가문의 가주가 한 말이었다. 절대 뜬금없이 나온 말은 아닐 것이다.

"다짜고짜 그 말을 믿으라고 한 말은 아닐 테고……"

"물론, 그렇지. 들어봐라."

"그래, 듣고 있으니 말해라."

그때부터 플람베르 가주는 쉬지 않고 말을 했고, 트로비스 공작은 그저 듣기만 했다. 가끔 의문이 드는 것을 묻기도 했지만 여전히 99% 이상은 플람베르 가주의 몫이었다. 모르는 사람이 본다면 플람베르 가주가 이렇게 말이 많은 사람인가 할 정도로 말이다.

그렇게 날이 밝아올 때쯤 플람베르 가주의 설명은 끝이 났다. 처음 조금은 진중하지만 가볍게 듣고 있었던 트로비스 공작의 얼굴은 지금 심각하게 굳어져 있었다.

"지금의 몬스터 웨이브가 단순한 웨이브가 아니라 오크들이 몬스터를 통합했고, 그 오크들을 조종하는 무리가 있다는 것인가?"

"그래."

"허어~"

플람베르 가주의 말을 다 들은 트로비스 공작은 헛바람을 일으킬 수밖에 없었다. 평생 동안 수많은 전쟁 속에 살아온 트로비스 공작조차도 전혀 상상조차 할 수 없을 정도의 말이 플람베르 가주의 입에서 튀어 나왔으니 당연한 것이었다.

"오크가 각성을 하다니……."

"믿지 못하겠나?"

"솔직히 말해서 못 믿겠군."

"하지만 사실이네. 나와 내 가문의 은인이 실제 겪었고, 나 또한 겪은 일이니까."

"자네와 자네의 가문을 구한 용병이라… 만나보고 싶군."

"그 용병이 바로 용병왕이라고 하는 이네."

"허어~ 그렇다면……."

"그는 제국에서도 하지 못할 일을 스스로 하고 있네."

"제국은……."

하지 못한다.

일단은 오크가 각성을 했다는 말 자체를 믿지 않을 것이고, 그것을 확인하기 위해 세월을 보낼 것이며 귀족파와 황제파는 서로 이권을 위해서 혹은 주도권을 잡기 위해서 자신들끼리 싸울 것이다. 그리고 그러는 동안 오크와 몬스터들은 제국을 유린할 것이고 말이다.

그것을 너무나도 잘 알고 있는 트로비스 공작이었다. 실제적으로 자신이 북부의 황제라고 일컬어지고 있지만 동부군 사령관은 귀족파였고, 서부군 사령관은 황제파, 그리고 중부군 사령관은 중도파였다.

자신을 따르는 사령관은 아무도 없었다. 단지 자신의 작위가 공작이고, 가진 무력과 기사들의 충성이 대단하기에 정면으로 자신에 반기를 들지는 않았을 뿐, 결정적인 순간이 찾아온다면 자신의 명을 따르지 않을 가능성이 농후했다.

북부군을 통솔한다는 것은, 아니 제국군을 통솔한다는 것은 절대 간단한 일이 아니라 할 수 있었다. 그러한 상황에서 자신의 오랜 친구가 상상조차 할 수 없는 사실을 들고 왔으니

트로비스 공작은 정신을 차릴 수 없었다.

그리고 플람베르 가주는 당연히 이럴 줄 알았다는 듯이 말 없이 그가 생각을 정리할 시간을 주며 그저 기다리기만을 하고 있었다. 그렇게 한참의 시간이 흘렀다. 이미 해가 중천에 떠오를 정도로 말이다.

"흐음……."

그제야 트로비스 공작은 나직한 한숨을 내쉬며 자신의 앞에 있는 오랜 친구를 바라봤다. 그 긴 시간 동안 플람베르 가주는 한 치의 흐트러짐 없이 처음 그대로의 자세 자신을 지켜보고 있었다.

그런 플람베르 가주의 눈동자 깊숙한 곳까지 들여다본 트로비스 공작은 나직하게 한마디 꺼냈다.

"거짓이 아니로군."

"이 시기에 몇 년 만에 친구를 갑작스레 찾아와 실없는 농담을 할 정도의 이유가 있지는 않네."

"그렇군. 그런데 솔직히 네놈 말을 믿어야 할지 말아야 할지 망설여진다."

"그렇겠지. 망설여지겠지. 나 역시 만약 내가 그 모든 것을 당하지 않았다면 믿지 않았을 것이다."

"그렇겠지. 네놈 같이 냉정한 성격을 지닌 놈이 그저 말로 전해지는 것을 믿을 리 없지. 보지 않고, 경험하지 않으면 절대 쉽게 믿지 않을 놈이니까."

"그거 칭찬이냐?"

"반반."

"그래서 결론은?"

"하아~"

그에 트로비스 공작은 또다시 나직하게 한숨을 내쉬었다. 어디까지 믿고 어디까지 믿지 말아야 할지. 평생을 믿고 지낸 친구의 말을 믿어야 할지 말아야 할지. 그 말을 믿고 자신이 어떻게 해야 할지 도무지 감조차 잡을 수 없었다.

"내가… 어떻게 해야 되냐."

"잘……."

"실없는 농담 말고."

"준비해야겠지. 북부가 뚫리면 제국이 뚫리는 것이니까. 그리고 하나 더."

"또?"

"몬스터만 있는 것은 아니다. 몬스터는 그저 표면적으로 보이는 모습일 뿐, 그 몬스터들을 배후에서 조종하는 세력을 주시해야 해. 그러면서 몬스터 웨이브에 그 피해를 최소화시켜야 해."

"아무래도 쉽지는 않을 것 같군."

"쉽지 않지. 몬스터들, 아니 오크족들은 전략과 전술을 구사할 수 있으니까 말이야."

"이건… 전쟁이로군."

"그래 전쟁이지. 절대 네놈 혼자 감당할 수 있는 그런 전쟁이 아닌, 제국 전체가 나서야 하는 전쟁이지."

"그렇긴 한데……."

문제였다.

제국의 귀족들은 아직도 사태의 심각함을 모르고 있었다. 심지어는 지금 당하고 있는 자신조차도 제대로 인식하지 못하고 있으니까 말이다. 제국의 귀족들을 어떻게 설득해야 한단 말인가?

"일단 북부의 병력부터 보존해야 하겠지."

"그렇다면 싹 다 정리해야 하겠군."

"그렇지."

"그리고 자네의 그 생명의 은인이라는 자의 도움도 받아야 하겠고."

"그 말을 기다렸다."

"그런데 그렇게 되면 용병왕이……."

"왜? 거북한가?"

"아니, 용병왕은 반드시 있어야 한다. 그래야 제국의 힘이 강해질 테니까."

"네놈 생각은 조금 다른 모양이군. 천하디천한 것이 용병이라는 생각이 대부분인데."

"그 용병들이라는 것이 본시 자연적으로 발생했으나 그들에게 스며든 것이 정말 천하디천한 살인자나 혹은 도망친 노예들만일까? 아니, 아니지. 그들 속에는 몰락한 귀족들과 가문의 인재들이 포함되어 있지."

"그야 뭐……."

"그리고 결정적으로 우리가 안타까워할 만큼의 아쉬운 이들이 그들 속에 스며들었어. 그들을 무시한다는 것은 제국을 무시하는 것과 다르지 않아."

"역시, 그래야 내 친구지. 어쨌든 준비해야 해."

"알겠다."

여기까지가 트로비스 공작의 회상이었다. 그 이후 플람베르 가주는 또 홀연히 사라졌다. 어딜 가느냐고 묻자 그는 자신이 할 일을 해야 한다는 말만 남기고 사라졌을 뿐이었다. 그에 트로비스 공작은 더 이상 묻지 않았다.

그가 자신의 일을 하듯이 자신도 자신이 할 수 있는 일을 하기로 했다. 그 결과가 지금 단 한 번도 같은 자리에 앉지 않았던 세 사령관이 함께 자리하고 있었다. 그리고 이들의 보고를 들어본 바 역시나 이들은 사태의 심각성을 인지하지 못하고 있었다.

'역시인가? 그렇다면…….'

그는 생각을 정리했다.

"중앙에서 빠르게 몬스터 웨이브를 정리하라고 하더군."

"그야 뭐……."

"그리고 본 작에게 전권을 넘겼네."

"전… 권입니까?"

"그래."

"그렇다면……."

"개인적으로 할 수 있는 모든 수단을 이용하라는 것이겠지. 대신 중앙에서는 지원할 수 없을 것이라는 말이지."

"그런……."

"이미 다 알고 있을 터인데?"

"그야……."

이미 전달받았으니 잘 알고 있었다. 그리고 탁월한 공을 세우라는 명령까지 전해받은 상태였다. 북부의 황제라고 일컬어지는 트로비스 공작의 위치는 그저 말뿐이었다. 그리고 트로비스 공작은 그 사실을 너무나도 잘 알고 있었다.

"그에 대한 책임은……."

중부군 사령관인 오버레이크 후작의 물음에 트로비스 공작은 입꼬리를 말아 올리며 입을 열었다.

"그걸 왜 나한테 묻는 것인가?"

"그야……."

"이제 와서 나를 북부군의 총사령관으로 대하려는 것은 아니겠지?"

"그건……."

책임을 떠넘기려 했다. 하지만 트로비스 공작은 그 모든 것을 사전에 차단했다.

"이미 자네들은 자신들만의 조직을 구축한 것으로 알고 있는데? 내가 잘못 알고 있는 건가?"

"크흠……."

트로비스 공작의 말에 세 사령관은 헛기침을 했다. 모두 알고 있다는 것을 의미하고 있었으니까. 하지만 부정하지 않았다. 이미 그들에게 있어 트로비스 공작은 늙어빠진 오거에 지나지 않았으니까.

"그리고 부탁하는데 중앙에서 명령이 내려온 만큼 최단기간에 몬스터 웨이브를 끝내줬으면 좋겠군."

"그야 뭐 어려울 것 없는데……."

대체 무슨 꿍꿍이인지 몰라 세 명의 사령관은 석연찮은 표정을 지어보였다. 지금까지 트로비스 공작이 이렇게 선선히 독자적인 움직임을 허용한 적이 없었으니까 말이다.

"그럼 그렇게 알고 이만……."

"그래, 그러라고. 바쁜 사람들을 잡아두고 있었군."

선선히 응하는 트로비스 공작. 그에 세 사령관은 화장실에서 큰일을 보고 마무리를 안 한 것 같은 표정으로 회의실을 나서고 있었다. 그런 그들을 바라보며 의미심장한 웃음을 지어보이는 트로비스 공작.

세 사령관이 완전히 사라지자 트로비스 공작은 서서히 자리에서 일어서며 허공에 대고 누군가를 불러냈다.

"있나?"

"……"

대답 대신 그림자가 느릿하게 솟아나며 사람의 형태를 갖추었다.

"그들에게 전해. 청소를 시작할 때가 되었다고."

"……"

스르르르.

이 또한 대답은 없었다. 그저 그림자 속으로 스며들 뿐이었다. 트로비스 공작은 그림자가 사라지자 뒷짐을 풀고 집무실을 벗어났다. 그가 향한 곳은 가문의 마법사들이 있는 곳이었다.

끼이익!

낡지 않았음에도 왠지 모르게 육중한 소리를 내며 열리는 문.

"오랜만에 오셨습니다."

"그래, 오랜만이네."

"드디어 움직이실 작정이십니까?"

"제국이 위험에 처해 있으니까."

"그렇습니까? 그렇다면?"

그에 트로비스 공작은 무언가를 꺼내 로브인에게 건네면서 입을 열었다.

"통신을 부탁하네."

"이곳은……."

"의문은 나중에."

"알겠습니다."

그리고 곧바로 통신을 연결하는 로브인.

"누구십니까?"

"북부의 레이날드 트로비스 공작이다."

"잠시만 기다려주십시오."

상대편의 마법사는 당황하지 않았다. 이미 언질을 받았던 것처럼 말이다. 그리고 이윽고 단단한 모습의 한 사내가 영상에 모습을 드러냈다.

"용병왕인가?"

―그래.

"감히… 입이 짧군."

―용병에게 귀족의 예를 바라는 것 자체가 잘못된 것이지.

"그런가? 그도 그렇군. 어쨌든 도와줄 수 있나?"

―얼마나?

"북부를 정리해야 할 것 같아."

―흠… 언제까지?

"빠르면 빠를수록 좋지."

―그곳에 마법사가 몇 명이나 있나?

"그건 왜?"

―대규모 공간 이동진을 설치해야 할 것 같아서.

용병왕이라는 자의 입에 흘러나온 말은 실로 대단히 놀라운 것이었다. 너무나도 능숙하게 상황과 대화를 이끌어가고 있었기 때문이었다.

'과연……'

그에 트로비스 공작은 고개를 끄덕였다. 그 고고하고 냉정한 자신의 친구가 인정할 만한 인물임에는 틀림없었다. 그저 영상으로 보는 것만으로도 충분히 대단해 보였기 때문이었다.

―대략 2백 명 정도.

"그 정도라면 괜찮겠군. 그런데 대규모 이동 마법진의 술식을 알려줄 수 있는……"

―소개하지. 새로 임페리움 용병단에 가입하게 된 유리피네스 아르나파른 바시드 멜로즈 호샬린 실 료스알브 부단장이다.

"……"

길고 긴 이름이 호칭되자 한 명의 여인이 영상에 모습을 드러냈고, 트로비스 공작은 물론 영상을 유지하고 있던 마법사조차 입을 벌릴 수밖에 없었다.

"엘… 프?"

─정확히는 하이 엘프죠.

"허어~"

─아시겠지만 임페리움 용병단에 들기 전에는 쿠테란 마을의 촌장이었죠.

"그, 그렇구려……."

아무리 철석간담의 트로비스 공작이라고는 하지만 하이 엘프를 보고 아무렇지도 않게 대할 수는 없었다.

─이제 증명이 되었나?

"되었다."

─바로 시작하지.

"잠시 기다려. 마법단장을 부르지."

─그러든지.

일은 일사천리로 진행되기 시작했다. 아주 순조롭게 말이다.

# CHAPTER 8
## 시작

"반갑군."

"그렇군."

트로비스 공작과 아론이 서로를 보며 악수를 나눴다.

후우웅!

둘 사이에서는 때 아닌 바람이 일었다. 그에 아론이 슬쩍 입꼬리를 말아 올렸다.

"힘 좀 쓰는군."

"흐음."

아론의 말에 트로비스 공작은 눈살을 살짝 찌푸렸다. 대외적으로 그는 익스퍼트 최상급으로 알려져 있었다.

하지만 실질적으로 그는 마스터에 오른 지 오래였다. 자신을 철저하게 숨기고 있었던 것이다.

그러함에도 불구하고 상대방은 자신의 힘을 너무나도 쉽게 흘려내고 있었다.

마치 바다에 돌멩이 하나를 던진 것처럼 잔잔하기 그지없었다.

'믿지 않았는데……'

솔직히 자신의 오랜 친구인 플람베르 가주의 말을 전부 믿지는 못했다.

그가 스스로 그랜드 마스터라고 했을 때 놀라기는 했지만 믿지 않는 것은 아니었다.

그의 재능이라면 언젠가는 그랜드 마스터에 오를 것이라고 생각하고 있었기 때문이었다.

그래서 놀라기는 했지만 믿지 못한 것이 아니었다. 그렇지만 그가 말한 용병왕이라는 자가 그 자신보다 더 뛰어나다는 말은 솔직히 믿기 어려웠다.

그렇게 뛰어난 사람이 어떻게 지금까지 알려지지 않았는지에 대해서 이해할 수 없었기 때문이었다.

그래서 직접 만나기로 했다.

그리고 그 결과가 지금 이것이고 말이다.

"후우~"

트로비스 공작이 먼저 나직하게 한숨을 내쉬었다. 그제야 아론은 트로비스 공작과 잡았던 손을 빼며 입을 열었다.

"시험해 보고 싶었나 보군."

"당신이라면 그 말을 믿겠나?"

"못 믿지."

"내 말이 그 말이다."

이미 둘은 마스터의 경지를 넘어선 자들이었다. 마스터라는 것이 그렇다.

스스로 대단하다는 것을 인식하고 있다. 그래서 마스터들 간에는 나이가 많건 적건 혹은 귀족이건 아니건 간에 한 분야에 마스터에 오를 정도면 대우를 받아야 마땅하고 생각하고 있었다.

그것은 국가나 제국을 초월했다. 결국에는 자기가 속한 단체의 이익을 위해 움직이겠으나 그 이전까지는 같은 마스터라는 동류 의식을 가지고 있었다.

그러기에 한 제국의 공작이지만 겨우 용병에 지나지 않은 아론의 말에도 별로 반감을 가지고 있지 않았다.

하지만 호승심은 어쩔 수 없었다.

"그래서?"

"한번 실력을 봐야지."

"상황이 별로 안 좋은데?"

"뭐 어떤가? 그렇다고 서로 잡아먹을 것도 아니고 실력 점검 차원인데 말이지."

"뭐 상관은 없겠지."

"그럼 가지."

그들은 나란히 서서 걸음을 옮겼다. 그런 아론을 보면서 불퉁스러운 눈길을 주는 기사들이 있었다.

하지만 아론이나 트로비스 공작이나 그런 기사들의 눈초리 정도는 아무렇지도 않다는 듯이 걸음을 옮겼다.

"이그니스 그 친구가 말하길 자네가 자신보다 높은 위치에 있다고 하더군."

"제대로 봤네."

"이그니스의 수준이 어느 정도인지 아나?"

"그랜드 마스터."

"알고 있었나?"

"전에 한 번 플람베르 가주와 소가주와 함께 대련을 한 적이 있지."

"자네 혼자?"

"따로 할 필요가 없으니까."

"그때는……."

"둘 다 그레이트 마스터였지."

"그런데?"

"그래도 오랫동안 고민하고 노력을 많이 했던 노가주만이 단서를 잡더군."

"그래… 그랬군."

말을 하면서도 그의 목소리는 묘하게 떨리고 있었다. 그런 트로비스 공작을 보며 아론은 속으로 혀를 찰 수밖에 없었다.

'내가 무슨 마스터 공장장도 아니고……'

그렇게 생각했지만 사실 그가 직접 대련을 하거나 혹은 관심을 가진 이들 중 단계를 뛰어넘지 않은 자가 없었으니 이 정도면 그냥 공장장이라고 해도 과언이 아닌 것은 분명했다.

'뭐 힘 좀 쓰는 사람이 많으면 많을수록 좋겠지. 아무리 이러나저러나 해도 내가 후발 주자인 것은 틀림없으니까.'

나쁘지는 않았다.

어차피 이들은 평생의 염원을 가지고 있었다. 자신의 실력의 한계를 뛰어넘는 것 말이다.

그리고 자신은 이들이 생각지도 못한 이면을 볼 수 있거나 혹은 지식을 가지고 있었다.

이곳에서의 삶은 고작해야 40년이 넘는 시간이지만 실질적으로 자신의 내면에 가득한 것은 이루 헤아릴 수 없는 경험이었다.

그 경험은 감히 짧은 인간으로서 감당할 수 없을 정도로 대단한 것이었다.

그런 그이기에 이미 사라진 백두산의 말처럼 공장에서 마스터를 찍어내는 것처럼 말이다. 그리고 솔직히 아론 역시 기꺼웠다.

나쁘지 않으니까.

힘 있는 사람이 자신과 친구가 된다면 그게 무에 그리 나쁜가? 물론, 이권이 개입하거나 권력이 개입하면 달라질 것이다.

그들은 단체에 소속되어 있으니까. 하지만 그때쯤 되면 아론 역시 만만찮은 세력을 형성할 수 있을 것이다.

용병이라는 것.

마치 모래알과 같이 취급되는 용병들이지만 그런 용병들이 한데 뭉친다면 그 힘은 유례없는 파급력을 지니게 될 것이 분명했다.

제국에만 떠도는 용병이나 용병대, 혹은 용병단이 아론의 아래로 모인다고 생각해 보라.

그 수는 이미 제국군을 능가할 것이 분명했다. 용병왕이란 바로 그런 존재였다.

귀족들은 애써 용병왕이라는 것은 부정하고 있지만 그런 파급력을 알고 있기 때문에 용병들 사이에서 용병왕이 탄생하는 것을 극구 꺼려하는 것이었다.

귀족들에게 제국이 있고 황제가 있다면 용병들에게는 용병들의 대지가 있고, 용병왕이 있는 것이다.

귀족들조차도 혹은 에퀘스의 성역이나 바벨의 탑조차도 건드릴 수 없는 절대적인 또 하나의 존재가 탄생하는 것이다.

그것은 귀족들에게는 그야말로 끔찍한 일이라 할 수 있었다.

에퀘스의 성역이나 바벨의 탑, 이 두 개의 자신들의 손아귀에서 벗어난 존재나 단체만으로도 머리 아플 지경인데 용병들까지 자신들의 머리를 아프게 할 것을 생각하니 어쩌면 당연한 것이라 할 수 있었다.

하지만 트로비스 공작은 달랐다.

지금의 제국은 너무 오래 고여 있었다.

고여 있는 물은 썩기 마련이고 썩게 되면 제국은 순식간에 무너지게 되어 있었다.

그리고 실제로 제국은 지금 그런 조짐을 보이고 있었다. 황제파와 귀족파로 나뉘어 싸우고 있었고, 그중에서도 또 차기 황군에 근접한 황자들을 위한 파벌을 만들어 제멋대로 놀고 있었다.

참으로 한심스러운 작태가 아닐 수 없었다.

'뭐 물론 나하고는 전혀 상관없으려나? 아니, 아니지. 나와 아주 무척 많이 관계가 있지.'

그렇다.

전혀 정치와는 관계없을 것 같은 용병들의 대지와 용병왕이라는 것일 줄 알았으나 아니었다.

정치와 아주, 아주 밀접한 관계를 가지고 있었다. 용병이라는 그 자체가 이권이기 때문이었다. 가장 거대한 이권이고 권력이었다.

귀족이란 것들이 확실히 머리에 똥만 든 것은 아니었다. 자신들의 안위에 해가 될 법한 것은 귀신같이 알아차리고 온갖야료를 부리면서 용병들을 분리시키고 헤집고 있었다.

하지만 용병들이 무식하다고는 하나 세상사에 닳고 닳은이들이 바로 그들이었다.

전쟁 용병도 있었고, 영지전으로 먹고 사는 용병들도 있었으며, 귀족들의 더러운 일을 도맡아서 하는 용병들도 있었다.

무식할지는 모르나 뻔히 보이는 농간을 모를 리 없는 그들이었다. 물론, 그런 귀족들의 농간에 놀아가는 용병들도 있었고 말이다.

하지만 아론은 멈추지 않았다.

'이럴 때는 정면 돌파가 답이지.'

아론이 택한 것은 타협보다는 정면 돌파였다. 귀족들이 뭐라 하건 혹은 에퀘스의 성역이나 바벨의 탑에서 뭐라 하건 그가 해야 할 일은 오로지 하나였다. 바로 용병들의 대지를 만드는 것.

그렇게 용병들을 하나로 결집시키면 또 다른 현상이 일어날 것이다.

견제하는 세력이 나타나기 마련이니까. 견제하는 세력이 없으면 그것이 오히려 문제라 할 수 있었다.

견제하는 세력이 없으면 오만해지고 자만하며 썩어가기 때문이었다.

그저 단순히 제이니스 제국 내의 용병들만 해도 100만이 넘어가는데 그들이 견제하는 세력 하나 없다면 어떻게 될 것인가.

물론, 그대로 내버려 둘 기득권 층도 아니지만 말이다. 그렇게 이런 저런 생각을 하는 동안 아론은 어느새 연무장에 도착해 있었다.

아론은 트로비스 공작의 개인 연무장으로 갈 줄 알았으나 트로비스 공작은 기사단의 연무장으로 안내하고 있었다. 그에 아론은 슬쩍 입꼬리를 말아 올렸다. 좋은 기회였다.

"부담스럽나?"

"아니, 오히려 잘 됐지."

"잘 됐다라… 대단한 자신감이로군."

"이미 그것을 감안하고 이곳으로 안내한 것이 아닌가?"

"그도 그렇군."

자신의 의도를 단박에 파악한 아론을 보며 고개를 끄덕이는 트로비스 공작이었다.

여기서 승리한다면 기사들이 용병들을 대하는 행동이 달라질 것이다. 하지만 트로비스 공작이 승리한다면 그러면 그렇지 하는 말이 흘러나오면서 기사들은 전혀 달라지지 않을 것이다.

트로비스 공작으로서도 두 가지 효과를 다 노린 것이라 할 수 있었다.

어차피 외부에 알려진 것과 달리 자신의 위치가 그리 공고하지 못한 상태에서 용병왕이라는 자가 자신에게 승리한다면 수십만의 즉시 전력감의 용병을 얻는 것이다.

반대로 자신이 패한다면 쓸데없는 걱정을 한 것일 게다. 그리고 용병 따위는 믿을 게 못 된다는 확신을 가지게 되는 결정적인 계기가 될 것이다.

그 모든 것이 이 한 번의 대련에 달려 있었다. 그에 트로비스 공작은 흘깃 아론이라는 자를 바라봤다. 그의 얼굴은 의외로 평온했다. 지금 자신의 속내를 모두 아는지 모르는지 전혀 알 수 없는 그런 표정이었다.

'나의 모든 의도를 파악하고 있다면 그는 정말 무서운 자다.'

아니 어쩌면 자신의 생각보다 몇 수 앞을 내다보는지도 모를 일이었다.

'뭐 어쨌든 곧 판명이 나겠지.'

그는 연무장의 중앙으로 갔고, 자신의 무기를 꺼내 들었다. 그는 정통 기사들과 달리 양손대검을 꺼내 비스듬히 자세를 잡았다.

그에 아론 역시 자신의 투박한 대검을 꺼내 들었다. 자신과 비교해 한참의 아래인 그를 대함에 있어서도 아론은 최선을 다하려 했다.

쉬이익!

트로비스 공작이 먼저 공격을 하며 들어왔다. 아론은 가볍게 대검을 휘둘러 트로비스 공작의 대검을 슬쩍 흘리면서 몸을 틀었다.

치이익!

날카로운 소리가 들려왔고, 트로비스 공작은 자신의 공격이 제대로 역할을 하지 못함을 깨닫자마자 빠르게 중심 이동을 하면서 거리를 벌렸다. 하지만 이어진 공격은 없었다. 아론과 트로비스 공작의 시선이 부딪혔다.

"전력을 다해야 할 거야."

"그래도 되나?"

"이미 알고 있을 텐데?"

"그래, 내가 좀 자만했나 보군."

"나니까 다행이지, 아니었으면 자넨 죽었을 거야."

"고맙다고 해야 하나?"

"아니 뭐… 그 말 듣자고 한 말은 아니고. 어쨌든 전력을 다해. 그래야 나 또한 전력을 다할 수 있을 테니까."

"전력을 다한다고?"

"그래."

"그렇다면 고맙지."

그에 시원하게 웃어 보이는 트로비스 공작이었다. 실로 오랜만이었다. 진검을 들고 전력을 다할 수 있는 상대를 만난다는 것은 말이다. 아론이 말을 한 이후 트로비스 공작은 묘하게 그의 말이 설득력 있게 들려왔다.

전력을 다해도 전혀 무리가 없을 상대라는 것을 본능적으로 깨달은 트로비스 공작은 그의 대검에 마나를 두르기 시작했다.

'오러 블레이드.'

기사들은 동시에 놀란 눈으로 대결을 지켜봤다. 여기 있는 기사들은 트로비스 공작의 측근들 중의 측근이었다. 그러기에 실제 트로비스 공작의 실력이 알려진 대로 최상급이 아닌 소드 마스터임을 알고 있었다.

하지만 단 한 번도 자신들의 눈앞에서 오러 블레이드를 시전한 적이 없었다. 오러 블레이드를 시전하지 않더라도 그를 당해낼 기사들이 없었기 때문이었다. 그런 그가 오러 블레이드를 시전했다.

그것은 지금 트로비스 공작과 대련을 하고 있는 용병이 자신들보다도 더 강력한 상대라는 것을 인정한 것이었다. 그럼에도 불구하고 그 용병은 오러 블레이드는커녕 그 이상의 어떤 행동도 보이지 않았다.

그의 움직임은 물 흐르듯 자연스럽고 평온했다. 그것을 읽은 기사들은 마른침을 삼키면서 둘의 대련을 지켜봤다. 마스터들 간의, 혹은 그 이상인 존재들의 대련은 그들에게 많은 도움을 줄 것이기 때문이었다.

다시 트로비스 공작은 대검을 들고 튀어나갔다. 그 순간 트로비스 공작의 대검에서 수십 줄기의 빛의 다발이 뻗어 나와 아론을 향해 쏟아져 나갔다. 하지만 그 순간에도 아론은 평온하기 그지없었다.

그 수십 줄기의 빛의 다발이 아론을 온통 뒤집으려 하는 순간 그의 대검이 느릿하게 움직였다. 너무나도 느린 그의 투박한 대검.

'저래서야……'

'도대체 왜?'

기사들은 알 수 없었다.

목숨이 경각에 달렸는데 왜 저렇게 느리게 검을 휘두르는지 말이다. 하지만 정작 당하는 트로비스 공작은 달랐다.

'모두 막아내고 있다.'

자신이 쏘아낸 수십 줄기의 빛의 다발이 느리디느린 아론의 투박한 대검에 하나씩 사라지고 있었다.

'그렇다면……'

그는 다시 대검을 휘둘렀다. 그에 곧게 뻗어나가던 빛의 다발이 휘어지기 시작했다. 그에 아론은 슬쩍 입꼬리를 말아 올리며 여전히 느릿하게 움직였다. 전혀 방향을 예측할 수 없는 트로비스 공작의 공격을 너무나도 가볍게 막아내고 있었다.

타닥! 퍼벅!

또 다시 휘어져 들어오든 빛의 다발이 사라져 갔다.

"으음……"

빛의 다발이 하나씩 터져 나갈 때마다 눈을 아프게 하는 폭발이 일어났고, 그럴 때마다 전해져 오는 충격파는 그의 내부를 헤집기에 충분했다. 그에 트로비스 공작은 나직한 신음을 흘릴 수밖에 없었다.

자신의 첫 번째 공격은 티끌만큼도 상대를 건드리지 못하고 사라져 버렸다. 마치 아무 일도 없었던 것처럼 말이다. 하지만 트로비스 공작은 들끓는 마나를 다스려야만 했다. 단지 원거리에서 부딪히기만 했을 뿐이었다.

그런데 전해져 오는 충격은 그야말로 상상을 초월할 정도였다. 그 와중에도 그의 시선은 아론에게서 떨어지지 않았다.

자신의 공격을 받아냈음에도 불구하고 아론은 전혀 변함없었다. 마치 천년 거암처럼 버티고 있었다.

그의 그 모습에 트로비스 공작은 마치 거대한 산을 앞에 둔 초라한 인간임을 자각할 수밖에 없었다. 아론의 모습은 점점 더 커져만 갔다. 트로비스 공작은 그 앞에서 그저 입을 벌린 채 그를 바라볼 뿐이었다.

덜덜덜.

그는 대검을 잡은 두 손은 자신도 모르게 덜덜 떨리고 있었다. 그의 떨림은 점점 더 퍼져 나가기 시작해서 이내 전신으로 내달렸다. 그리고 그의 전신에는 굵은 땀방울이 흘러내리기 시작했다. 한 번의 부딪힘 끝에 그저 서로 바라만 보는 와중에 트로비스 공작은 초라해지고 있었다.

'초라하구나.'

그는 깨달았다.

인간은 한없이 초라한 존재라는 것을 말이다. 대자연 앞에서 인간은 그저 한 번 불어오는 바람일 뿐이라는 것을 깨달을 수밖에 없었다. 그에 그는 맞서려 했던 마음을 접었다. 자연은 맞서는 것이 아니었다.

그저 받아들이고, 인정하는 것이었으니까 말이다. 언제나 곁에 있는 것처럼, 늘 같이 하는 것처럼. 마음이, 아니 몸이 마음을 따라갔다. 덜덜 떨리던 신형이 점점 가라앉았고, 전

신을 흠뻑 적셔 연무장의 바닥을 온통 축축하게 적셨던 땀이
사라졌다.

아아아~

시원한 바람이 전신을 훑고 지나갔다. 그제야 트로비스 공
작은 미소를 떠올릴 수 있었다. 또 다른 경지에 다다른 것이
었다. 아론은 그 모습을 보며 또 다시 한탄할 수밖에 없었다.

'내가 공장장인 게야… 운도 좋은 새끼.'

아론은 인정할 수밖에 없었다. 자신이 공장장인 것을 말이
다. 그가 바라보는 트로비스 공작의 신형에서는 서서히 빛이
퍼져 나오기 시작했다. 신성하기 그지없는 빛이었다. 그에 기
사들은 몽롱한 시선으로 그 신비한 광경을 지켜봤다.

아론의 시선은 그들을 바라보며 쓴웃음을 지어보였다.

'저런 눈길을 나한테 보내면 조금 쑥스러운데……'

그는 이미 지레짐작하고 있었다. 하지만 이내 안색을 지우
고 무덤덤한 표정을 지어보였다. 아닌 게 아니라 실제 기사들
의 눈은 마주하기 부담스러울 정도였다. 아론은 그의 생각과
는 달리 아무런 표정도 내비치지 않은 채 조용히 영역을 확장
하고 있는 트로비스 공작의 모습을 바라볼 뿐이었다.

그렇게 어느 정도의 시간이 지났을까?

아침나절부터 진행된 트로비스 공작의 깨달음은 어느 정도
진정 국면에 접어들고 있었다. 아론은 나직하게 한숨을 내쉬

었다. 무사히 모든 과정이 끝난 것이었다. 소드 마스터가 육체적인 보디 체인지를 겪는다면 그레이트 마스터는 정신적인 확장을 가져오는 소울 체인지를 겪는다.

그래서 어떻게 보면 소드 마스터보다 그레이트 마스터가 더욱더 무서운 변화의 과정이었다. 그래서 소드 마스터 때보다 더욱더 위험한 변화의 과정이었다. 그래서 평소보다 더 긴장하고 있었던 것이 사실이었다.

거의 하루 내내 진행된 정신적인 확장이 마무리되어 갈 즈음 아론은 나직하게 안도의 한숨을 내쉴 수 있었다. 뙤약볕에서조차 단 한 발자국도, 물조차 마시지 않고 지켜본 아론이었다. 어둠이 내려앉기 시작한 연무장은 휑해 보였다.

그 이유는 단시간에 끝날 것처럼 보인 아론과 트로비스 공작과의 대련은 트로비스 공작의 의외의 깨달음으로 지루하게 계속되자 각자 업무를 보기 위해 아쉬운 걸음을 돌려야만 했다. 끝까지 깨달음을 볼 수 없다는 것에 아쉬웠지만 어쩔 수 없었다.

업무는 반드시 해내야 하는 의무였으니까. 그 덕분에 지금 이 넓은 연무장에 있는 것은 아론과 트로비스 공작뿐이었다.

"후우~"

그때 마침내 긴 한숨을 토해내며 서서히 눈을 떴다. 그리고 아론과 시선이 부딪혔다.

"허어~"

그리고 그는 나직하게 탄성을 내질렀다.

"……?"

아론은 의문의 빛을 표했다.

"한 단계 상승하면 그래도 조금 보일 줄 알았는데 여전히 안 보이는군."

"말 같은 소리를."

"그러게……."

자신이 말을 해 놓고도 뻘쭘해하는 트로비스 공작이었다.

"자아~ 그럼 이제 어떻게 해야 하나?"

"뭘?"

"뭐긴 뭘 어떻게 해야 지금의 상황을 벗어날 수 있느냐고 묻는 거네."

"그건 자네가 알아서 해야 할 일이지, 난 용병일 뿐이야."

"용병왕이라면서?"

"그래서 뭐?"

"용병왕이라면 용병들의 왕이잖은가?"

"그래서 인정이나 해주고?"

"이젠 인정해야지."

"자네만 인정하는 것 같은데?"

"일단 플람베르 가문이 있을 것이고, 내가 있고, 또오……."

"없지."

"그렇군."

쓴웃음을 흘리는 트로비스 공작이었다. 하지만 이내 얼굴을 펴면서 입을 열었다.

"그래도 북부의 황제인 내가 자네를 지지하네."

"속도 없는 쭉정이 같은 황제지."

"지금까지는 그러했지."

"지금까지는?"

"그래."

그러면서 트로비스 공작이 흰 이를 드러내며 웃었다. 그 웃음은 보는 이의 심장을 옭아매는 날카롭기 그지없는 웃음이었다. 그에 아론은 트로비스 공작이 무언가 감추고 있음을 알수 있었다.

하기는 제국에 겨우 세 명밖에 없는 공작 중 한 명이었다. 그런 그가 북부에 와서 실권을 잃고 고립무원의 상태로 되어 유명무실한 사람이 되어 있다는 것을 누가 믿을까? 애초에 아론 역시 무언가 있을 것이라고는 생각했다.

그런데 그것을 암시하는 듯한 트로비스 공작의 말에 아론은 고개를 끄덕일 수밖에 없었다.

"기다려 봐."

"기다리면 뭔가 나오나?"

"황제파에는 친황제파가 있고, 비황제파가 있지."

"그건 무슨 소리지?"

"친황제파는 진정으로 황제를 위해 이 제국을 위해 목숨을 바치려는 진정한 뜻이 있는 이들을 말함이고, 황제파인 척하면서 황제파를 이간하는 자들을 비황제파라고 하는데, 그들은 바로 황자들을 지지하는 자들이지."

"머리 아프군."

"들어야 할 것이네."

"끄응."

트로비스 공작의 말에 아론은 앓는 소리를 낼 수밖에 없었다. 그러거나 말거나 트로비스 공작은 자신의 할 말을 계속했다.

"처음에 그들 모두 황제파였네. 하지만 황자들이 장성하고, 귀족파들이 득세하기 시작하면서 달라지기 시작했네."

"변절자가 생겼군."

"그렇지."

트로비스 공작은 씁쓸하게 입을 열었다.

"그럼 지금의 황제파의 수장인 바티스타 공작은?"

"그는 이제 자신의 권력을 강화하기 위한, 혹은 자신이 그동안 저지른 비리를 감추기 위해 반드시 황권을 쥐고 흔들어야 입장이 되었네."

"오랜 친구 아니었던가?"

"친구였지. 실제 플람베르 가문의 노가주와 나, 그리고 데이브는 한때 청운의 꿈을 불사르듯이 같이 꾸던 친구였네."

"그런데 변했군."

"그래. 세월은 우리를 이렇게 갈라지게 만든 것이지."

"어쨌든 그래서?"

"어느 날 황제 폐하께서 날 은밀히 부르더군."

"피해 있으라고?"

"그래. 생각보다 상황 파악이 빠르군."

머리 아픈 일은 죽어도 하기 싫어하고, 정치에는 전혀 관심 없어 보이던 아론이 마치 눈앞에서 본 것 같이 답을 내자 트로비스 공작은 다시 봤다는 듯이 바라보는 트로비스 공작이었다.

"뻔한 이야기니까."

"이런 정치적인 조작이 상투적이라고?"

"그래."

"용병들 사이에서도 이런 암투가 있나?"

"어쨌든 그래서 이곳에 썩고 있었다는 것인가? 기회를 보면서?"

"그래."

"그렇다면 황제의 숨겨진 힘도 같이 있을 수 있겠군."

"허어~"

아론의 추론이 이제는 헛바람을 일으키는 트로비스 공작이었다. 그런 트로비스 공작을 보며 별걸 다 놀란다는 듯이 무심하게 입을 여는 아론이었다.

"그런 것쯤은 애들도 알아."

"애들이? 정말?"

"말이 그렇다는 말이지."

"그 말이 진실이라면 무서워서 애를 키우지도 못하겠군."

"헛소리 말고, 그들을 이용해 각 사령부를 장악할 생각이로군."

"그래."

"그럼 용병은?"

"그건 자네 몫이지."

"없었으면 서운할 뻔했지."

아론은 씨익 웃으며 입을 열었다.

"커험."

아론의 말에 헛기침을 하는 트로비스 공작.

"용병들을 정리하고 이 몬스터 웨이브를 막아내면 우리가 얻는 것은?"

"인정이지."

"인정이라… 나쁘지 않군. 그런데 그것뿐인가?"

"그 외에 더 필요한가? 작위라든가 영지라든가?"

트로비스 공작의 말에 헛웃음을 짓는 아론이었다. 작위나 영지라… 확실히 혹하기는 한 말이었지만 그것은 자신을 황제 쪽으로 끌어들이려는 수작임을 모르지 않은 아론이었다.

"영지도 있고, 용병들도 있지. 대체 뭐가 부족할까? 부족하다면 용병에 대한 처우겠지."

"커흠… 하지만 그것은 용병들의 일이지, 폐하께서 어찌 할 수 있는 일이 아니네."

"알아, 그러니 인정해 주고 신경 꺼. 용병의 일은 용병이 알아서 하지."

"어련히 알아서 하겠지. 그건 그렇고 어떻게 할 텐가?"

"2선까지 밀려야겠지."

"그렇게 되면……."

"힘들겠지."

"그런데 왜?"

"그들을 북부의 병력으로만 막을 수 있다고 생각하나?"

"그건……."

"불가능하지. 무려 150만이네. 과연 가능할까? 그리고 그 배후에는 또 다른 세력이 있어."

"들어서… 알고 있네."

"그 세력은 오랫동안 제국에 스며들어 있네. 그리고 제국은 그들이 누구인지도 모르고 있고. 과연 몬스터 웨이브만 막아 낸다고 모든 것이 끝난다고 생각하나?"

"그건, 으음……."

할 말이 없어진 트로비스 공작이었다.

"하면, 도대체 어떻게 해야 하는가?"

"위기의식을 가지게 해줘야지. 이렇게 되면 제국이 망할 수도 있다는 것을 알려줘야지."

"하나, 귀족들은 상관없을지도 모르네."

"물론, 귀족들은 타국으로 가면 상관없겠지. 하나, 제국의 귀족으로 살던 그들이 과연 제국보다 못한 곳 혹은 적대 제국으로 흘러가 살 수 있을 것이라고 생각하나? 귀족들이 그렇게 어리석은가?"

"그건……."

물론, 그런 사람도 있을 것이다. 하나, 대부분의 귀족들은 제국이 무너진다면 자신들 역시 무너진다는 것을 안다. 그러하기에 그들은 제국을 놓고 싸우면서도 제국이 무너지는 것을 바라지 않는다.

"도와줄 사람을 소개하지."

"도와줄 사람?"

"살게라스 산맥의 맹주인 아우슈반츠 백작이야."

"아우슈반츠 백작이라… 자네 입에서 나왔으니 대단한 사람이란 것은 알겠는데……."

"전대 아우슈반츠 백작은 그레이트 마스터이고, 현 아우슈
반츠 백작은 소드 마스터네."

"허어~ 어찌 그런… 혹!"

뭔가 생각나는 듯이 아론을 바라보는 트로비스 공작.

"……."

그에 말없이 딴청을 피우는 아론. 그런 아론을 보면서 입만
벙긋거릴 수밖에 없는 트로비스 공작. 그러다 무언가 생각난
다는 듯이 입을 열었다.

"임페리움 용병단에 대해서 알려주겠나?"

"알아서 뭐하게."

"아군의 전력을 알아야 계획을 세울 것 아닌가?"

"황제의 비밀 세력을 알려주면."

"못 알려줄 것도 없지. 쉐도우 드래곤이라는 이들로 총 인
원은 5백 명으로 각 다섯 개조로 나눠져 있으며, 그 중 세 개
의 조가 이곳에……."

"잠깐, 잠깐!"

술술 흘러나오는 트로비스 공작의 말에 아론은 당황해서
그의 말을 막았다.

"그거 비밀 아닌가?"

"비밀이지."

"그런데 왜?"

"자네를 믿으니까."

"만난 지 겨우 하루밖에 되지 않았는데?"

"줄 때는 홀딱 벗어 주는 법이지."

"화끈하군."

"그래서 이 모양, 이 꼴이네."

"그래도 믿을 만한 사람은 많은 모양이군."

"물론이지."

"좋아. 뭘 알고 싶은가?"

"대체 몇 명이나 있나?"

"뭐가?"

"소드 마스터 이상의 인원들."

"글쎄, 딱히 수를 세어보지 않아서 말이지."

"대충이라도."

"쿠테란 마을의 이종족들이 실력이 꽤나 좋더군. 그들 중 서너 명이 소드 마스터인 것 같고, 족장의 경우는 이미 그랜드 마스터였던 것 같군. 동시에 8서클의 마법사이기도 하고 말이지."

"그, 그리고?"

"우리 임페리움 용병단의 경우는 보자… 제라르, 얀센, 카툼, 브라이언, 레이, 브라이언, 마이크, 유리, 니콜라이, 그리고 또 누가 있더라······."

"그만, 그만!"

"왜? 더 있는데?"

"그 정도면 되었네."

"그럼 계획은?"

"2선까지 그들에게 맡기자면서?"

"그래."

"그럼 그 이후의 계획은 어느 정도 서 있다는 말 아닌가?"

"그도 그렇군."

"그런데 왜 나에게 계획을 묻는 건가?"

"그래도 귀족이잖은가? 이 제국의 세 번째 공작 말이지."

"하지만 나보다는 자네의 계획이 더 마음에 드는군. 하니
자네 계획대로 가는 게 낫겠네."

"그렇다면야 뭐······."

그러면서 아론은 자신의 생각을 서서히 털어놓기 시작했다.
그러한 아론의 말을 들으면서 트로비스 공작은 놀랄 수밖에
없었다.

'이, 이럴 수가······.'

들으면 들을수록 놀라운 말이었다. 이 작전은 결코 하루,
이틀만 생각해서 만들어진 것이 절대 아니었다. 치밀하고 놀
라운 작전이었다. 그래서 놀랐다. 이 정도로 완성도 높은 작전

이라 보기 드물었기 때문이었다.

'놀랍고도 또 놀랍군. 용병들은 절대 무시할 수 있는 존재가 아니었군.'

그리고 동시에 드는 생각은 아론이라 하는 이 용병왕과는 절대 척을 지면 안 된다는 생각을 가질 수밖에 없었다. 헤아릴 수 없이 많은 강자들. 그리고 그 강자들을 한데 묶은 초유의 집단을 탄생시킨 용병왕.

그와 척을 져서는 제국이 남아나지 않을 것이라는 것을 깨달을 수 있는 대화라 할 수 있었다.

"후우~"

아론이 길고 긴 설명을 끝내고 가볍게 한숨을 내쉬자, 그제야 트로비스 공작 역시 정신을 차릴 수 있었다. 정말 아론이 설명한 대로라면 제국은 지금의 위기를 극복하고 새롭게 도약할 수 있었다.

거기다 중요한 것은…….

'묘하게 믿음이 간다는 말이지.'

어떻게 보면 터무니없을 것 같은 작전이었다. 그럼에도 불구하고 마치 그 계획 그대로 이뤄질 것 같은 느낌이 들었다. 도대체 이런 신뢰감이 어디서 나오는지 알 수 없었지만 트로비스 공작은 그렇게 느껴졌다.

"그렇군. 그래, 그러면 되겠어."

그에 오히려 아론이 반문을 했다.

"이대로?"

"그럼 뭐 더 첨가할 것이 있나?"

"그건 내가 물어봐야 할 말 아닌가?"

"아니, 완벽, 완벽해. 그대로 하지."

"허어… 나 원 참."

아론이 혀를 차버렸다.

"이래서야 원."

"뭐 어떤가. 내 생각엔 그 이상 좋은 작전이 없구만."

"그래, 그럼 그렇게 알고 실행하도록 하지."

"나도 그에 맞추겠네."

"그럼."

그 말과 함께 아론은 어둠 속으로 사라져 버렸다. 그에 트로비스 공작은 헛바람을 일으킬 수밖에 없었다. 그는 분명 검을 다루는 검사이지, 마법사가 아니었다. 그런데 스크롤을 사용하는 것도 아니고, 그냥 홀연히 자신의 눈앞에서 사라져 버렸다.

"허어~ 이게 인피니티 마스터의 위력인 것인가? 이미 마법과 검의 경계를 허문 경지라니."

그는 이미 그레이트 마스터가 됨과 동시에 아론이 이미 지고의 경지에 올라 있음을 알게 되었다. 그리고 자신의 친구인 플람베르 가주 역시 자신보다 더 높은 경지에 있었다. 그런데 그의 목숨을 살리고, 그를 한 단계 더 높은 단계로 이끈 그이면서 자신 역시 짧은 시간에 더 높은 경지로 이끌었다.

물론, 오랜 세월 동안 깨달음을 위해 부단히 노력한 결과이기도 하지만 그 짧은 시간에 가르침을 내리고 깨달음을 주기란 정말 어려웠다. 깨달음이라는 것이 의도해서 되는 것도 아니고 말이다.

"보니 어떤가?"

"그는 함부로 재단할 수 있는 자가 아닙니다."

언제 나타난 것일까?

그림자가 사람의 형체를 갖추면서 느릿하게 답을 했다.

"어쨌든 그의 작전을 다 들었지?"

"물론입니다."

"어떤가?"

"훌륭합니다."

"자네도 놀란 모양이로군. 묻는 말에 대답을 하고 말이야."

"이제 그림자에서 벗어날 때가 되었기 때문입니다."

"그런가? 그렇다면 벗어나야겠지. 지금 이 순간부터 그림자는 빛이 되어야 한다."

"명을 따릅니다."

그림자가 어둠 속으로 사라졌다. 그리고 트로비스 공작은 뒷짐을 진 채 허공에 떠오른 달을 보며 입을 열었다.

"또다시 천년의 제국이 탄생될 것이야. 용병왕이라는 새로운 왕과 함께 말이지."

*　　*　　*

"흐흐흐. 드디어 제국에 새로운 바람이 불기 시작했군."

동부군 사령관인 엘모어 가이트란 후작은 자신의 사령부로 돌아온 이후 참모들을 불러 모아 공작으로 받은 명령을 전하며 나직하게 웃었다.

"이상합니다."

하지만 작전 참모인 카스트로 백작은 달리 생각했다.

"이상하다?"

"그렇습니다."

"무엇이?"

"너무나 갑작스럽게 모든 것을 놓아버리고 허용했습니다."

"그건……."

"한계를 느꼈기 때문이 아니겠는가?"

그때 조용히 있던 정보 참모 헤르만 고다드 백작이 입을 열었다.

"한계?"

"귀족파와 황제파, 하지만 황제파라 해도 진정한 황제를 위한 제국을 위한 황제파는 없지 않나. 황제의 세력도 이미 모두 잘려 나갔고 말이지. 특히나 황제가 가장 믿었던 트로비스 공작 역시 고립무원의 상태이니 말일세."

"그건 그런데 왠지 석연치가 않아."

"기우일 뿐이네. 사령부의 정보부에는 그들에 대한 아무런 단서조차 찾을 수 없었네."

이미 트로비스 공작의 팔다리가 잘렸다. 사령부 역시 트로비스 공작을 지지하던 이들도 모두 제거 되거나 한직으로 밀려난 상태였다. 완벽했다.

'하지만 너무 완벽하다.'

그것이 걱정이었다.

"자네는 너무 걱정이 많아."

"그것은……."

"그것은 잊어버리고 이제 당면한 과제를 풀어나가야 하네."

"알겠습니다."

"현재 2선 방비는?"

"웬일인지 몬스터들이 밀고 들어오고 있지 않아 대치 상태에 있을 뿐입니다."

"흐음… 왜?"

"아무래도 1차 저지선에서 많은 식량을 얻었기 때문 아니겠습니까?"

"그야 그렇지만……."

이들이 말하는 식량이란 바로 죽은 병사들과 기사들 혹은 용병들을 말하는 것일 게다. 그 숫자도 결코 만만치 않으니 말이다. 물론, 실제 군량도 포함 되어 있을 것이다.

"어쨌든 준비는?"

"완벽합니다."

"좋아, 그럼 내일부터 반전의 시작이다."

"명을 따릅니다."

명을 받은 참모들이 집무실을 벗어났다. 그런 그들의 바라 보며 가이트란 후작은 의미심장한 미소를 지어보였다. 그는 자리에서 일어나 뒷짐을 진 채 창문을 통해 밤을 밝혀주는 둥근 달을 바라봤다.

"어?"

그러다 문득 둥근 보름달 속에서 무언가 자신을 향해 쇄도 한다는 느낌이 들었다.

뜨끔.

놀란 그 모습 그대로 굳어진 가이트란 후작.

주르륵!

그리고 느릿하게 검붉은 핏물이 흘러내렸고, 가이트란 후작 의 신형은 서서히 뒤로 넘어가기 시작했다.

쿠웅!

둔중한 소리를 내며 쓰러지는 가이트란 후작, 그리고 쓰러진 가이트란 후작의 시체 옆으로 검은 그림자가 모습들 드러내며 무심하게 시체를 바라봤다.

"반역은 곧 죽음이다. 제국의 주인은 오로지 한 분뿐인 것을."

그 말과 함께 다시 어둠 속으로 사라졌다.


"이상해……."

집무실을 나온 작전참모 카스트로 백작은 여전히 기묘한 기분에 휩싸일 수밖에 없었다. 도무지 이해가 가지 않았던 것이다.

"뭐가 그리 생각이 깊은가?"

그때 누군가 그의 곁으로 다가오며 물었다. 그에 카스트로 백작은 고개를 들어 상대를 볼 수 있었고, 익히 아는 얼굴에 안도하며 입을 열었다.

"사령관 각하를 뵙고 오는 길이네."

"그거야 뭐 늘 있던 일 아닌가?"

"아니, 아니 끝까지 말을 들어보게."

"뭐 그러지."

"중앙에서 연락이 옴과 동시에 트로비스 공작 각하께서도 우리에게 중앙에서의 명령과 똑같은 말을 했네."

"그러면 좋은 일 아닌가?"

"하지만 문제는 거기에 있지."

"거기에 있다니?"

"지금까지 트로비스 공작의 행태를 보면 중앙에서 그런 명령이 내려왔어도 절대 동의하지 않았을 것이네."

"그야······."

"그런데 시원하게 허락했다는 말이지. 그리고 거기에 더불어 사병까지 허용한다고 하더군."

"도저히 대세를 거스를 수 없다는 이유이지 않겠나?"

"그랬으면 좋겠는데······."

"너무 예민해져서 그런 것이겠지. 너무 신경 쓰지 말게."

"그런가? 그런데 자네가 이 시간에 여긴 웬일인가? 분명 자네는 전방 시찰은 나갔어야 하는데 말이지."

"그러게나 말이지."

"뭐라고?"

"내가 여기 왜 있지?"

순간 무언가 위화감을 느낀 카스트로 백작. 바로 그때 그의 심장과 목에서 화끈한 통증이 느껴졌다. 놀란 눈으로 카스트로 백작은 자신의 앞에 있는 자를 바라봤다.

"제국 특수 작전대 1전대 전대장에게 죽은 것을 영광으로 알아라."

"그르르륵!"

사내가 말을 마쳤을 때 카스트로 백작은 이미 절명한 상태였다. 그에 사내는 가볍게 단검에 묻은 피를 털어내며 나직하게 입을 열었다.

"이제부터 시작이다."

그리고 그러한 현상은 동부, 서부, 중부, 세 개 사령부에서 동시에 일어나고 있었고, 최하층 기사부터 최상층까지 폭넓게 벌어지고 있었다.

『용병들의 대지』 9권에 계속…

# 초대형 24시 만화방

신간 100%, 샤워실, 흡연실, 수면실(침대석), 커플석, 세탁기 완비

## ▪ 시흥 정왕25시점 ▪

경기 시흥시 정왕동 1742-13 미스터피자 건물 5층
031) 319-5629

## ▪ 강북 노원역점 ▪

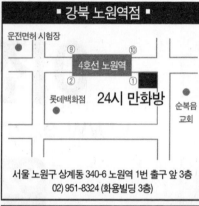

서울 노원구 상계동 340-6 노원역 1번 출구 앞 3층
02) 951-8324 (화용빌딩 3층)

## ▪ 일산 정발산역점 ▪

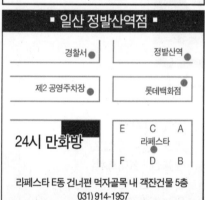

라페스타 E동 건너편 먹자골목 내 객잔건물 5층
031) 914-1957

## ▪ 일산 화정역점 ▪

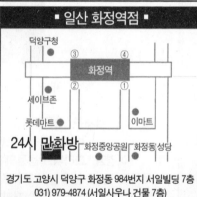

경기도 고양시 덕양구 화정동 984번지 서일빌딩 7층
031) 979-4874 (서일사우나 건물 7층)

## ▪ 부천 역곡역점 ▪

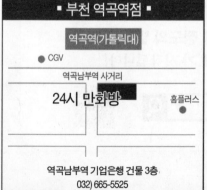

역곡남부역 기업은행 건물 3층
032) 665-5525

## ▪ 부평역점 ▪

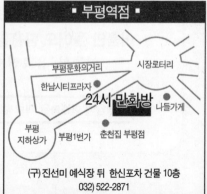

(구) 진선미 예식장 뒤 한신포차 건물 10층
032) 522-2871

# 이계진입
# 리로디드

## 임경배 퓨전 판타지 소설

FUSION FANTASTIC STORY

『권왕전생』 임경배의 2015년 신작!

## 『이계진입 리로디드』

왕의 심장이 불타 사라질 때,
현세의 운명을 초월한 존재가 이 땅에 강림하리라!

폭군으로부터 이세계를 구원한 지구인 소년 성시한.
부와 명예, 아름다운 연인…
해피엔딩으로 이야기는 끝인 줄 알았건만
그 대가는 지구로의 무참한 추방이었다.
그리고 10년 후……

"내가 돌아왔다! 이 개자식들아!"

### 한 번 세상을 구한 영웅의 이계 '재'진입 이야기!

Book Publishing CHUNGEORAM

유행이 아닌 자유추구 -
WWW.chungeoram.com

FUSION FANTASTIC STORY

가프 장편소설

# 시크릿 메즈
# SECRET
# MEZ

−너는 10,000개의 특별한 뉴런을 더하게 되었어.
매직 뉴런, 불멸의 뉴런이지.

실험실 알바를 통해 만난 '6번 뇌'.
우연한 만남은 이강토를 신비의 세계로 이끈다.

## 『 시크릿 메즈 』

매직 뉴런을 탑재한 이강토의
정재계를 아우르는 좌충우돌 정의구현!
긴장하라, 당신이 누구든 운명은 이미 그의 손안에 있으니!

## "무슨 꿍꿍이가 있는지, 어디 한번 봐볼까?"

Book Publishing CHUNGEORAM

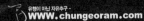

유행이 아닌 자유추구−
WWW.chungeoram.com

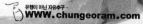

이경영 판타지 장편소설

FANTASY FRONTIER SPIRIT

# 그라니트

## 용들의 땅

GRANITE

사고로 위장된 사건에 의해 동료를 모두 잃고 서로를 만나게 된 '치프'와 '데스디아'.
사건의 이면에 상식을 벗어난 음모가 있음을 알게 된 둘은
동료들의 죽음을 가슴에 새긴 채 각자의 고향으로 돌아간다.
2년 후, 뜻하지 않게 다시 만난 두 사람은 동료들의 복수를 위해
개척용역회사 '그라니트 용역'을 설립해 다시금 그 땅을 찾게 되는데……

## 용들이 지배하는 땅 그라니트!
## 그곳에서 펼쳐지는 고대로부터 이어지는 운명적 만남,
## 깊어지는 오해, 그리고 채워지는 상처.

### 『가즈 나이트』시리즈 이경영 작가의 미래형 판타지 신작!

Book Publishing CHUNGEORAM

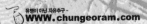

유행이 아닌 자유추구
WWW.chungeoram.com

FUSION FANTASTIC STORY

자미소 장편소설

# GRAND SLAM
## 그랜드슬램

2016년의 대미를 장식할 최고의 스포츠 소설!!

Career record : 984W 26L
Career titles : 95
Highest ranking : No.1(387weeks)
Grand Slam Singles results : 23W
Paralympic medal record : Singles Gold(2012, 2016)

약 십 년여를 세계 최고로 군림한 천재 테니스 선수.
경기 내내 그의 몸을 지탱하고 있는 것은⋯⋯ 휠체어였다.

『그랜드슬램』

휠체어 테니스계의 신, 이영석(32).
그는 정상의 자리에서도 끝없는 갈망에 사로잡혀 있었다.

"걷고 싶다, 뛰고 싶다. ⋯날고 싶다!!"

**뛸 수 없던 천재 테니스 선수
그에게, 날개가 달렸다!!!**

Book Publishing CHUNGEORAM

유행이 아닌 자유추구-
WWW.chungeoram.com

# GAME BALL

## 게임볼 설경구 장편소설
### FUSION FANTASTIC STORY

무명의 야구인이었던 남자,
우진이 펼치는 야구 감독으로서의 화려한 일대기!

『 게임볼 』

"이 멤버로 우승을 시키라고?"

가상 야구 게임,
게임볼을 통해 인생 역전을 꿈꾸는

## 한 남자의 뜨거운 행보에 주목하라!

# 투신 강태산

박선우 장편소설

FUSION FANTASTIC STORY

무림을 휩쓸던 '야차(夜叉)'가 돌아왔다.

## 『투신 강태산』

여행사 다니는 따뜻한 하숙생 오빠이자
국가위기 특수대응팀 '청룡'의 수장.
그리고 종합격투기계를 휩쓸어 버린 절대강자.
전 세계를 무대로 펼쳐지는 투신 강태산의 현대 종횡기!!

**"나는, 나와 대한민국의 적을, 철저하게 부숴 버릴 것이다."**

서러웠던 대한민국은 잊어라!
국민을 사랑하는 대통령과 절대강자 투신이 만들어 나가는
## 새로운 대한민국이 펼쳐진다!!